勇者によって追放された元国王、おっさんになってから新たなSSSランク勇者に指名され、玉座に舞い戻る

JN133062

SSS RANK

いらないひと　illustration 丘　TOブックス

presented by Iranaihito
illustrated by Oca

SSS RANK

FORMER KING

Illustration ◆ 丘

Design ◆ AFTERGLOW

目次 [Contents]

人は様々な存在を空想する。

圧倒的な力を持つ竜、天を衝《つ》くような巨人、そして完全無欠の善人。

仮に現実に存在し得る存在、即ち現実存在の中で、現在という制約が取り払われたものだけを実存と呼ぶのだとすれば……。過去、現在、未来、どの時間軸上にも存在する可能性を持たないものだけが、非実存と呼ばれるはずだ。

圧倒的な力を持つ竜、天を衝くような巨人、そして完全無欠の善人。

さて、それでは『この世界で』唯一の非実存は、三つの内のどれだろうか？

絶対に忘れてはいけない。三者択一、正解は一つだけだということを。

人を突き動かすのは、他人を見下したいという純粋な欲望だ。だからこそ、人は自分の幸福よりも他人の不幸に歓喜する。人は完全にも完璧にもなれないというのに、当然のようにそれを他人に要求し、そして答えられない者を無能と嘲笑《あざわら》う。

誰もが心に抱く二重規範。つまりは特別な自分と、凡庸《ぼんよう》な他人とを分ける境界線。

腐りきった倫理と道徳律《ラトゥンエシックス》の誘惑に、人は決して抗えない。

プロローグ

「却下だ」

カインは手に持っていた書類を、それこそ放り投げるぐらいの勢いで振ってみせた。

この世界に一つしか存在しない人間の国の王である彼は、玉座のある部屋でいつものように政務の真っ最中だ。その手に持っている紙には、今年の税金を上げるという提案が書かれている。

「しかし陛下、このままでは今年の財政は間違いなく赤字です」

異を唱えた男の名はゴール。この国の財務大臣を任されている男だ。

毎年、まるで綱渡りをする曲芸師のように黒字と赤字の境界付近を彷徨《さまよ》う財政を切り盛りしているだけあって、彼は金の計算にとにかく五月蠅《うるさ》い。

「左様。大きな収入が期待出来ない以上、気を緩めてはなりません」

宰相を務めているボルドーもまた、ゴールの言葉に同意した。

壇上の玉座に座ったカインに対し、壇の下、向かって左にゴール、右にボルドーが立っている。あとはカインの後ろに、王の護衛を任務とする近衛隊の兵士が二人控えているが、基本的に彼らが口を開くことはない。立場的にもそうだし、おそらく心情的にも首を突っ込みたいとは思っていないだろう。

特にどうということもない、いつも通りの政務の光景だ。

珍しいことといえば、普段は参加することのない王妃アシェリアがいるぐらいか。彼女は何か発言するわけでもなく、ただ黙ってカインの隣の椅子に座っていた。マナーに五月蠅い彼女がいるからか、兵達が普段より緊張しているように見える。

「わかっている。だがメイド達の話だと、今年の不作は特に酷いらしいじゃないか。王宮にいる侍女は、平民の中では良い家の出なんだろう？　それでも厳しいとなれば、普通の平民はどうなる」

まだ二十代の手前。先代の急逝《きゅうせい》により玉座に座ることとなった若き国王の言葉に、宰相と財務大臣は視線を交差させた。

「ですが陛下、それでは大衆を調子付かせることになります。今後の国家運営に差し障りますぞ？」

試すようなボルドーの視線。

「もちろん今年だけの特例だ。来年になったら元に戻す」

果たして、禁断の果実の味を知ってしまった者達に、元の生活が出来るのかどうか。既に五十代に突入している宰相と財務大臣は、カインの提案を現実的ではないと判断した。

「……駄目か？」

「正直に言えば。それよりは王宮内の出費を抑える方が、まだ現実的でしょうな」

国王の意見を真正面から切って捨てたゴール。

臣下が王に対する態度としては、正直言ってかなり厳しい。だが、理想や綺麗事だけで全てが上手くいくほど世の中は甘くない。王として未熟な青年を支えていくためには、それなりに厳しい対応をしなければならないこともある。

「よし、ならそうしよう。だが流石に生活がかかっている連中には加減しろよ？」

カインはそんな財務大臣の態度を咎《とが》めることもなく、出費の削減を命じた。自分に向けられる彼らの視線に、敵意が含まれていないことはよくわかっている。

「わかりました。それではまず陛下の食費と小遣いから削るとしましょう」

「え？……あ、ああ。……そう、だな」

ゴールの言葉の意味を一瞬遅れて理解したカインは、少し怯んだ。一応はカインが子供の頃からの付き合いだ。これが決して脅しや建前ではないのはわかっている。

「おや、どうされました陛下？　顔色がよくありませんな」

気遣うような発言とは裏腹に、ボルドーの顔は少しニヤついていた。

……わかっている。

この男は間違いなくわかっていて言っている。

ゴールは相手が国王であっても容赦しない。明日以降のカインの食事は、きっと侍女達からも同情されるような悲惨なメニューとなるに違いない。彼がささやかな楽しみにしている焼菓子の類《たぐい》は、間違いなく削減対象となることだろう。

「な、何でもない……」

自分で言った手前、ここで翻《ひるがえ》すわけにもいかない。安易にそんなことをすれば、王族の影響力低下につながってしまう。公正公平というのが大義名分を手に入れる上で最も有利なスタイルであることを、若き国王は一応理解していた。

（アップルパイは当分抜きか……）

平静を装いつつ、内心で自分の発言の迂闊《うかつ》さを嘆いたカイン。

――バンッ！

世界が大きく動き始めたのは、その直後。彼の正面にある大扉が勢い良く開いたところからだ。

†

国王カインは、玉座に座ったままで剣を突きつけられていた。

いよいよ二十代に入るかという頃。政治的な思惑の下に迎えた妻との間に、そろそろ跡継ぎをという時期になった今。

勢い良く部屋に入ってきた者達に周囲を取り囲まれ、幾《いく》つもの剣を向けられていた。

「……何の真似だ？」

一体何が起こったのか。

内心の狼狽《ろうばい》を隠しつつ、考えられる可能性を模索する。

焦ってはいけない。ここで弱気を見せれば付け込まれる。

王族特有の赤い瞳をゆっくりと動かして、彼は周囲の状況を確認した。自分を取り囲んで剣を向けているのは、騎士団に所属している者達だ。しかしそれ以外に文官達も少し交じっている。

彼らがこちらに剣を向けて来ないのは、単に持っていないからだろう。王宮内で帯剣を認められているのは騎士達だけだ。

（……クーデターか？）

現実的な話として、八方美人に国家の運営は不可能だ。

程度の差こそあれ、どうやっても反感を持つ者は出てくるし、不満の矛先が王に向けられることは避けられない。そんな者達が集まれば、最終的に何が起こるかなどわかりきっている。

(目的は何だ?)

視界の片隅でボルドーとゴールの様子を窺う。カインよりは少ない本数の剣を向けられている彼らも、どうやら相手の思惑を測りかねているらしい。

(剣を向けてもすぐには殺さない……。少なくとも大義名分はまだ手に入れていないか、あるいは玉座までは求めていないのか?)

こんな行動を起こす者達がいるとすれば、それはいったいどんな事情だろうか?

カインは基本に立ち返って頭の中を整理した。

現実を直視する能力がある者達は、不要に締め付けない限りにおいては案外に物わかりがいい。友好的な関係になるのは非常に難しいが、しかし敵対的な関係を回避するのは比較的容易である。それに少なくとも、彼らはいきなりこんな行動には出ない。やるにしても、自陣営の利益を優先する彼らには他にもっといい方法があるからだ。

では真っ当な志《こころざし》を持つ者達はどうか?

彼らもまた与《くみ》し易い。何せ性根が真っ直ぐなのだから、こちらが最低限の倫理を保っておけば、どうということもない。使命感、正義感、倫理観、そういったものに訴えかけることで衝突を回避することが可能だ。

となると問題となるのは、能力も無ければ性根も腐っている者達である。

自らが最も手厚く遇されるべき人間だと信じて疑わない者。

自分以上の賢者など存在しないと思い込んでいる者。

理想と現実の区別がつかない者。

単純に物事を知らない者。

この世界の歴史において、クーデターを望むのはこういった類の連中であった場合が殆《ほとん》どだった。

彼らは、物事から都合の良い一部だけを切り取って考えた理屈で自分達の不満が解消されるのだと、本気で思っている。そこに根拠など微塵も無いというのに、しかし自分こそが完璧で完全だと信じて疑わない。

だが実際に頭の中にあるのは、せいぜいが目先の損得だけだ。

もっと先のことを考えようという意志や意思そのものがないのだから、考える能力があるかどうか以前の問題と言っていいだろう。

それにしても——。

(近衛隊《このえたい》までいるのか……)

カインは横目でチラリと周囲の者達の服装を確認した。

本来であれば王の盾として、カインを守らなければならない者達。

彼に対して剣を向けている者達の中には、その近衛兵の姿が混じっていた。

先程までカインの背後に立っていた二人もそこに含まれている。

(近衛まで取り込まれたとなると大事だな……。音頭《おんど》を取ったのは誰だ?)

近衛隊は王の近くに配置されることもあって、選抜の際には倫理観や忠誠心の高さが特に重視される。しかも騎士団とは組織的に独立している上に、両者は仲が悪い。脳筋揃いの騎士団、お高く止まった近衛隊、等と陰で言い合っているのは国王であるカインもよく知っている。騎士団がクーデターの中心だというのなら、近衛隊の者達を味方に引き入れるのは、そう容易なことではないだろう。

（何があった？　人質でも取られたのか？）

今のカインにはそれぐらいしか思いつかなかった。

「陛下。身柄を拘束させて頂きます」

無言となったカインに対し、騎士団長アーカムが緊張した面持ちで告げる。その額には幾つもの汗が浮かんでいた。

どうやらこの男、少なくとも王に対して剣を向けるということの意味は理解しているらしい。だとすると、果たして彼は『どちら』だろうか？

自分から望んでやっているのか？

それとも脅されているのか？

「……これは何の真似だと聞いているんだが？」

カインは王族の証である赤い瞳で睨みつけた。

武力や暴力で張り合っても勝ち目は無い。相手が国王に剣を向ける行為に気後れしているというのなら、権力や胆力でそこを突くまで。

若き国王の冷めた視線に息を呑む武官達。

しかし、そんな剣呑《けんのん》な雰囲気を意にも介さず、四つの足音が玉座へと向かう。

「正義だよ」

カインの正面、武官の群れの向こう側から聞こえてきたのは、若い男の声だ。まるで聖者の声でも聞いたかのように割れる人の壁。

その奥から現れたのは、四人の少年少女だった。

「お前は……」

先頭にいる少年の姿を確認した時、カインは自分の……、いや、自分達の失策を直感した。

「勇者殿！」

宰相ボルドーが叫ぶ。

勇者ヒロト。異世界から召喚され、一年ほど前に魔王を討伐した少年。

その彼が共に戦った聖戦士の少女達三人を従えて現れた。もはや彼が首謀者か、それに近い立場であることは疑いようがない。

「……これはどういうことだ？」

「民を苦しめる暴虐非道な国王を打ち倒すためさ。彼らは『無垢《むく》な』民衆のために立ち上がったんだ」

以前に謁見《えっけん》した時とは、明らかに異なるヒロトの口調。勝ち誇ったような、見下したような、自分の方が格上だと信じて疑わない顔をしている。

『無垢な』という単語にゴールとボルドーが反応したのは気のせいだろうか？

「民を苦しめる？……誰がだ？」

カインは考える時間を作ろうと、ヒロトの言っていることを即座に理解出来ない振りをした。しかし言葉の意味は理解出来ても、その内容に全く同意出来ないのは事実。少なくとも国民達を不当に締め上げるようなことはしていないはずだ。税金だって蓄えができないほど高くはないし、治安もそう悪くはない。賄賂《わいろ》や汚職の類が全く無いとまではいかないだろうが、しかしそれも国の根幹を揺るがすような水準ではない。気に入らない奴を公開処刑にしてやりたい気分になった時だって、堪えて公正に努めているぐらいだ。

「何を言っているのです！　陛下が民を苦しめるなどと！　確かにまだ未熟なところはあれど、歴史上稀《まれ》に見る善王ではありませんか！」

ゴールが反論した。

ボルドーもそうだが、この二人はどうやらクーデターには与《くみ》していないらしい。どちらも口煩いが、国王に向かって臆《おく》せず正論をぶつけてくる忠臣だ。面と向かって善王などと言われるのは流石に恥ずかしいので、カインとしては金輪際止めて欲しいところではあるが。

（一応は疑っておくべきか）

これが演技である可能性もある。

彼ら二人ならば、『その可能性を疑え』と間違いなく言うだろう。『二人を信じていた』などと言えば、後で『考えが甘い』と説教を食らうに違いない。

（……いや、待てよ？）

横目でゴールの顔を見ていたカインは、ここでようやくヒロトの目的に感づいた。

（そうか……。こいつ、文化を侵略しに来たな）

前にゴールと話したことがある。

勇者ヒロトは別の世界、つまり異世界から来た人間だ。となれば、間違いなくこの世界の住人とは異なる価値観を持っているだろう。

そしてどこかのタイミングで、それをこちらに押し付けて来るかもしれない、と。

自分達の事情と都合で作り上げた理想論を、この世界で押し通そうとするかもしれない、と。

しかし流石にいきなり実力行使で来るとは予想外だ。カインは考えの甘かった自分を内心で戒めた。

（確か……。こいつの世界には、民衆の投票によって物事を決める国というのがあるんだったか？王がいない国なんて想像できんな……）

条件が変われば定石《じょうせき》も変わる。

魔族の脅威が存在するこの世界でいきなりそんなことをすれば、人間の国家など崩壊まっしぐらだ。そうでなくとも段階に応じたやり方と言うものがある。それこそ武器の相対的な強弱関係が一つ異なるだけでも、同じやり方をそのまま取り入れることはまず不可能だと思っていい。

「王族に生まれ育った世間知らずに、人々を幸せにすることはできない。……つまりお前は国王失格だ！」

ヒロトが勝ち誇ったようにカインに告げた。

しかしその発言内容は社会の底辺に甘んずる者達の、まさにそれではないか。自らを賢者と思い上がった愚者。少なくともカインにはそう見えた。賢者は自らが愚者である可能性を疑い、愚者は自らが賢者であると信じて疑わない。どうやらヒロトは、王の大半が意図的に尊大に振る舞っているということを理解出来ないらしい。カインがそう結論付けたその時、視界の右端に青色のドレスが揺れた。

「ん？」

王妃アシェリア。

珍しく政務に同席し、にもかかわらずここまで無言だった彼女が、カインの隣の椅子から立ち上がり、そして勇者ヒロトの横に移動したのである。

（……こいつも裏切っていたか）

彼女が親しそうにヒロトの腕に抱きついたのを見て、カインはそう判断した。

政治的な打算の上での結婚とはいえ、特に悪い感情は持っていなかったのだが、しかしこうなっては仕方がない。政略結婚というと、相手の実家との良好な関係をさらに深めるためか、あるいは敵の陣営に走らせないように繋ぎ止めておくためのどちらかが多いのだが、彼女の場合は後者だ。

（だとすると実家もこの事態を了承済みか）

「アシェリア様！　どういうことです！」

宰相が狼狽した声を上げた。彼にとっても彼女の裏切りは予想外だったらしい。

「おだまりなさいボルドー。私は気づいたのです。いったい誰がこの世界の王に相応しいのか。そして……、真実の愛にも」

恋は人を盲目《もうもく》にさせるとはいうが、実際には単に化けの皮が剥がれるだけだ。少なくとも彼女は責任ある立場を任せられるような人間ではなかったということだろう。

カインの冷めた胸中には微塵も気付かず、ヒロトがアシェリアを抱き寄せた。彼の後ろにいた三人の少女の表情が少し不機嫌そうになったのだが、気がついたのはおそらく正面から見ていたカインだけだ。

(女を三人囲って、まだ足りないか)

生娘《きむすめ》に飽きて他人の女が欲しくなったのかもしれない。

半分呆れたカインだったが、アシェリアがうっとりとした目で勇者を見ているのに気がついた瞬間、僅かに目眩《めまい》がした。てっきり実家の利益も考えた上でヒロトについたのかと思ったのだが、もしかするとそうではないのかもしれない。努めて冷静に考えてみれば、王妃になった娘が夫である国王を裏切ったというのは、相当に外聞が悪い。ヒロトの側についたことによる利益で埋め合わせるにしても、そう簡単ではないはずだ。ということはもしかすると、彼女は王妃としての立場よりも自分自身の色恋を優先させた、ということではないだろうか？

「感情を優先して物事が上手くいくと思っているのか？」

とんでもない女を妻に貰ってしまったものだと呆れたカイン。

彼は何か情報を引き出せないかと聞いてみた。目の前の少年達がいったいどんな思考をしているのか、それにも興味がある。

「本物の愛があれば、何だって乗り越えられますわ」

……再び目眩がした。

王族や貴族が自分達の好き勝手に振る舞えるものだと勘違いしている者は多いが、しかし少なくともこの世界では違う。

絶対王政と封建制を幾度も往復する過程で歪《いびつ》になった社会制度、そして国力の低下したタイミングを狙って侵攻してくる魔族達。内外に幾つもの憂《うれ》いを抱える状況は、高貴で気楽な身分に安住することを許してはくれない。そんな環境下で自分達の社会的影響力を維持していかねばならないという前提がある限り、むしろ自由も選択肢も殆ど無いと言っていい。

「ヒロトに毒されたか……」

そういえば、彼がいた元の世界では身分の意義が薄れて自由恋愛が活発だと聞いたのを、カインは思い出した。最初に話を聞いたときは羨ましいものだと思ったのだが、今のこの世界でそれをやるのは、やはり非現実的だというのが国王としての判断だ。この世界における社会的な信頼と信用は、未だ血の繋がりによって下支えされているのだから。軍事にせよ経済にせよ、あるいは政治にせよ、血縁抜きに成立するほどには、この世界はまだ成熟していない。

「間違ってるのはこの世界の方だ！　意にそぐわない結婚が良しとされる世界なんて、根本的に間違っている！　この世界は僕が変えてやる！」

高々と宣言するヒロト。

騎士団長アーカムを始め、カインに剣を向けていた者達が全員頷いた。

（なるほどな）

カインは騎士団や近衛隊の者達がこのクーデターに乗った理由を概ね理解した。同時に迂闊だった自分を戒める。つまりは彼らの琴線《きんせん》に触れたのだろう。

愛と正義。世の為、人の為。なるほど、彼らが好きそうな言葉だ。子供の頃の綺麗な想いを胸に秘めたまま、醜い現実は他人に押し付けて、自分達だけ良い思いを味わう。そんな彼らが好みそうな話である。

大きな力を振るいたい、そして人々に称賛されたい。つまり、彼らは英雄ごっこを始めたわけだ。理想を妄想で肯定する、現実も実態も無視した茶番劇を。

「はぁ……」

カインは溜息をついた。自分の中にある何かが急激に萎《な》えていく。ここまで逆転の可能性を探ってきたのだが、なんだかもう、何もかもがどうでもよくなってきた。

彼とて、別にその性根が聖人君主というわけではないのだ。王族に生まれたから、王になったから、ならばその役目を全うしようと努めていただけに過ぎない。誠意への礼が悪意と仇だというのなら、別にここで終わってもいいかもしれないと思い始めた。

王族特有の赤い瞳が、失望で輝く。

「……連れていけ。宰相と財務大臣もな」

彼の溜息を降伏と受け取ったのか、騎士団長が部下達に指示を出す。その表情は、まるで蛇から逃げることに成功した蛙のような安堵《あんど》で満たされていた。

恐れと怖れ。

彼らがカインという国王をどのような目で見ていたのか。潜在的な強弱関係が垣間見える。

「……近衛隊長はいないんだな？」

「……！」

連行される際に、謁見の間にいる全員の顔を確認したカインは鼻で笑った。きっと近衛隊長は味方に引き込むことができなかったのだろう。彼は王子の間違いを正すためなら、不敬での死刑を覚悟で鉄拳制裁するような男だ。クーデターなどという女々しい行動を取るぐらいなら、とっくの昔に一人で殴り込んで来ているだろう。不器用な男だが、そういうところは近衛隊長を任されるだけのことはある。

「……何がおかしい？」

人は自分自身には究極的に寛容で、しかし他人には徹底的に不寛容だ。故に自分が安全地帯にいる間だけは大口を叩く。

獰猛《どうもう》な蛇の視界から逃れた騎士団長アーカムは、自分が馬鹿にされていることに気がついて憤慨した。先程までは遥か高みにいる国王に怯えていたというのに、その青年が玉座から引きずり降ろされた瞬間、彼はカインを自分よりも格下に位置づけていた。格下が格上を愚弄《ぐろう》する、それは彼らの価値観においては許されないことだ。

子は親より劣り、弟は兄より劣り、後輩は先輩より劣る。それが彼らにとっての真理であり原理。

「大した騎士道だ」

ガンッ！

衝撃。

忠誠心の低さを馬鹿にされていることにようやく気がついた騎士団長アーカムが、カインを力一杯殴りつけた。もちろん彼自身の自尊心を守るために。

脳筋と揶揄《やゆ》されるほどに鍛えている肉体から繰り出された一撃によって、先程まで国王だった体が吹き飛ぶ。

「陛下！」

「陛下に何をする！」

「黙れ！　騎士道を侮辱することは許さん！」

意識のぼやけたカインの耳にゴールとボルドーの声が入ってきた。……もちろん我らが騎士団長アーカム『様』の声も。

（マグロイの奴、ちゃんと加減してたんだな……）

子供の頃は近衛隊長マグロイによく殴られていたカインだが、それ以外で誰かに殴られたのは、これが初めてだ。次期国王を相手に鉄拳制裁しようとする者など、流石にそうそういるものではない。カインは今頃になってようやく、近衛隊長がちゃんと加減してくれていたことを理解した。きっと唯一の王子である自分を、彼なりに真っ直ぐ育てようとしていたのだろう。

人の真価というのは、危機と窮地《きゅうち》の中でこそ示される。

騎士団長アーカムと近衛隊長マグロイの対比は、カインにヒロト陣営の薄情さを意識させた。実際、クーデターに参加した者達の中に、今までカインに真っ向から意見した経験のある者は一人も含まれていない。つまり忠臣と呼んでも良さそうな者達は、一人も勇者ヒロトの甘言に騙されなかったということだ。この事態を予見することも止めることも出来なかったのは残念だが、少なくともその点に関しては彼らを褒めてやるべきだろう。

しかしそう考えてみると、余計に目の前の連中が薄情な小物に見えてくる。

「大層な安物だな」

「――――！」

なんだかもうどうでもいい。

そう思ったカインは、余計な一言を敢《あ》えて言ってみた。

ガンッ！

倒れたままの体に振ってきた、二回目の衝撃。

頭部を強く床に打ち付けられ、カインは意識を失った。

†

クーデターから一週間後。

カインは王宮前の広場でギロチン台の上に乗せられていた。他にも宰相ボルドーや財務大臣ゴール、それに近衛隊長マグロイの三人が同じようにギロチンの刃の下にいる。

「よくもまあ、こんな数のギロチンがあったもんだ」

カインは素の口調で感心したように言った。

こうして玉座から降ろされた以上、もう王らしく振る舞う必要はないし、そうする気もない。

彼らが乗せられたギロチン台四つは横一列に並べられており、さらに正面にはどういうわけかもう一台置いてある。カインの記憶では過去三十年ぐらいはギロチンで処刑された者はいなかったはずなのだが、それなのにどうして現役のギロチン台が五台もあるのかという話である。

「陛下！　陛下ぁ！　おのれ、逆賊どもめぇぇ！」

カインの右隣のギロチン台の上で、中年の近衛隊長マグロイが叫んだ。

老いてもなお戦士として高い実力を持つ彼だったが、流石にカインを人質にされては抵抗のしようもなく、大人しく捕まるしかなかったらしい。

「うるさいぞマグロイ。ここまで来たら流石にもうどうにもならん。せめて最期に格好ぐらいは付けさせろ」

これはカインの本音だ。

というか、この肉体言語系の中年はカインが子供の頃から変わらず五月蠅い。流石にいい年なのだから、もうそろそろ大人しくなるだろうと考えていたが、その考えが甘かったのはこの通りである。もっとも、そのおかげで『自分のせいで彼も一緒にギロチン台に乗せられたのだ』などと罪悪感に駆られなくて済んでいるわけだが。

「何を仰るか陛下！　こんな物、儂《わし》の力で！　ぐぬぬぬぬぬ！」

自分の拘束を壊そうと力を込めるマグロイ。

しかしながら、首と両手首を挟み込む鉄の板はびくともしない。こんなところで逃げられては困るのだから当然ではあるのだが、壊せると本気で思っている彼は悔しそうだ。そんな近衛隊長の様子を横目で見て、溜息をつく他の三人。

別にカインとて大人しく死んでやる気はないのである。玉座に未練は無いが、自分の命はまだ惜しい。だが全くと言っていいほどに好機が来ない。

この一週間の間は牢獄《ろうごく》で常時二人以上の監視が付いていたし、周辺も常に敵に囲まれた状態だった。頼みの近衛隊はといえば、どうやら隊の中からクーデター参加者を出した影響で互いに疑心暗鬼になったらしく、纏《まと》まった行動を一切見せていない。数人、あるいは単独でカイン達を救出しようと行動した者達もいたのだが、そこは多勢に無勢でどうにもならなかった。

(……負けだな)

仮に上手く逃げ出せたとしても、そもそも勇者とその補佐である聖戦士三人が敵にいる時点で、こちらの敗北は確定である。

女神から勇者の力を与えられたヒロト。そしてその補佐役として聖戦士の力を与えられた三人の少女達。

魔王ですら勝てないような連中が敵に回った時点で、そしてそんな彼らに武力や軍事力の勝負に持ち込まれた時点で、もうどうすることもできない。

致命的な敗北。それがカイン達の心を抉《えぐ》る。

もしも運命というものがあるとすれば、全ては女神からの神託に従ってヒロトがこの世界に召喚された時点で決まっていたのかもしれない。そんな弱気な考えが彼らの脳裏を過ぎった。

それにしても……。

「酒とつまみは如何ですかぁ〜！」

「おう、こっちに酒を一本くれ！」

「こっちは二本だ！」

娯楽に飢《う》えた大衆。

国王の公開処刑という見世物に群がってきていた彼らを見て、カインは再び溜息をついた。彼らはこれが自分達の今後にどのような影響を与えるのか、わかっているのだろうか？

「暴君を殺せぇ！」

「勇者様ばんざーい！」

「新しい時代の幕開けだ！」

「うぉぉぉぉぉ！」

「これで明るい未来が来るぞ！」

（……阿呆かこいつら）

センチメンタルな気分に水を差す雑音。広場に集まって熱狂する人々とは対称的に、カインの心は冷めていった。

扇動されているだけだということにも気が付かず、自分達は正義を実行していると思っている者達。この処刑の後にはまるで天国のような理想郷が訪れるのだと、本気で思っている者達。

賢者は自分が愚者ではないかと疑い、愚者は自分が賢者に違いないと信じる。彼らは諸手を振ってカイン達の処刑を歓迎していた。そこには真剣に未来のことを考えようという意思が全くと言っていいほどに見当たらない。

現実逃避。つまりは都合の悪い事実の一切から目を背けて生きている者達だ。そこには抗おうという意志も、希望を掴み取ろうという覚悟もない。何もかもが他人任せ、永遠に主役になれない存在達。

(我ながら、よくやったもんだ)

こんな者達ばかりで構成された国家をよくもここまで運営してこられたと、カインは自分自身を称賛したくなった。彼らに向かって『大衆は愚かだ』と言ったら、いったいどんな反応をするだろうか？　きっとその言葉が『味方の陣営から』出たことなど想像すらしないのだろう。ただ機嫌を損ねて感情的に否定するに違いない。的外れな反論をする奴がいればまだマシな方か。

別に自分勝手に振る舞うこと自体は一向に構わない。それが生きるということだ。ただしそこには自分自身の選択と行動の結果は受け入れるという前提がある。どんなに都合の悪い終わりとなったのだとしても、それを受け止めきれるのならば好きにしろ、ということだ。

――ドォン！

「ん？」

既に首をギロチン台に固定されていたカインには見えなかったが、彼の右側の方で突如大きな爆発が起こった。

「陛下をお救いしろ！　突撃！」

「きゃぁぁぁぁぁ！」

「敵襲だ！」

首を少し回し、目線を思い切りその方向に向ける。どうやらカイン達を助け出そうと広場に乱入した者達がいるらしい。

「おお！　ようやく来たか！」

待ちに待った味方の到来に、マグロイが歓喜の声を上げた。

気持ちはわかる。しかしゴールとボルドーは無念そうに目を閉じた。

当然だ。彼らの人数は全部で十人もいない。助けに来るにしたって、わざわざこのタイミングにするメリットは無いはずだ。

不満の捌《は》け口として、王と側近の公開処刑を望む群衆。そして勇者を始めとした、新たな体制とその主役の座を望む者達。そんな連中が集まっている所に突っ込むなど、大義の生贄《いけにえ》にしてくださいと言っているに等しい。

（戦力も妙案もなく追い込まれて賭けに出たか？　逃げておけば良いものを……）

カインは密かに唇を噛んだ。

別に『全ての国民を愛する』とか寒気のする主義や流儀を持っているわけではないが、しかし、かといって自分のために死地に乗り込むような連中を無下にするほど腐ったつもりもない。むしろこういう連中にこそ義理は捨てて逃げ延びて欲しいと、彼は思っていた。

「陛下！　今助け――、ぎゃ！」

広場の人々を散らしながら、カイン達のいるギロチン台へと近づいていた男達。勢いに乗ってそのまま四人を救出しようとした彼らを、魔法の矢が貫いた。

「なんだ⁉」

「おい見ろ！」

「ユリア様だ！」

魔弓士ユリア。

勇者ヒロトの補佐として聖戦士の福音を与えられた三人の少女の一人である。

その彼女が、カインの背後にある王宮のバルコニーから、弓を構えて見下ろしていた。横にはヒロトとアシェリア、そして他の二人の聖戦士もいる。

「動け！　止まったら殺られるぞ！」

男達はカインの方向に走りながらも、攻撃を回避しようと進路を左右に揺らした。彼らとて近衛隊という体を張る仕事を与えられている者達だ。その頂点ともいうべき聖戦士の力について知らないはずもない。

が、しかし――。

「甘いですね」

ドドドドッ！

「うわぁぁぁぁぁ！」

魔力で作られた矢の連撃が、カインにとっての忠臣達を容赦無く貫いていく。

……そう、忠臣だ。

面と向かってそう呼ぶかどうかはともかくとしても、国王のために自分達の命を投げ出す彼らはそう呼ばれていいはずだ。……そう呼んでいいはずだ。

「普通の人間が動く速度など、私にとっては止まっているも同然です」

次々と倒れていく男達。

そんな彼らを見ながら、カインの濁った赤い瞳が不機嫌さを帯びて輝いた。……気がついた者はまだ一人もいない。

「くそ……」

ただでさえ少なかった戦力を失い、リーダー格と思われる一人だけが最後に残った。カインは彼の顔に見覚えがある。これまであまり接点は無かったが、確か彼も近衛隊の所属だったはずだ。横のマグロイを見れば、部下を目の前で殺された怒りで全身を真っ赤にして震えている。そんなことなど意にも介さず、ユリアが最後の一人に向けて冷酷に矢を放った。

「かっ、カイン国王、ばんざぁぁぁぁぁい！」

国王の名を叫ぶ断末魔。カインの目の前で、彼を助けようとした男達は散った。

人の真価というものは危険地帯で発揮されるが、しかし人の本性は安全地帯でこそ暴かれる。一瞬だけ訪れた静寂の後、脅威が去ったことを理解した民衆が、倒れた彼らに殺到した。

「ビビらせやがって！」

「人の迷惑を考えろってんだよ！　世間知らず！」

「思い上がってんじゃねぇよ！　苦労も知らねぇ奴らがよ！」

「特権階級のつもりか⁉　人間のクズが！」

ほんの一週間前までは、この国の誇りと憧れだったはずの者達。彼らの遺体は人々によって足蹴にされ、物を投げつけられ、汚物をかけられた。

ボロボロになった戦士達。身分も出身も関係無しに、厳しい訓練を耐え抜き評価された者だけが入隊を許される近衛隊は、この時点を持って侮辱と嘲笑、そして嫉妬と憎悪の対象となった。

「おのれ……。おのれぇぇぇぇ！」

マグロイが今度こそ自分の手首を引きちぎりそうな勢いで暴れ出す。ボルドーとゴールもまた、それぞれの拳を握りしめた。

「さて……、みんな待たせたな！　そろそろ時間だ！」

カイン達の背後から、少年の声が降り注いだ。声の主が誰かなど、考える必要すらない。

勇者ヒロト。今回の一件の首謀者とも言える男だ。

「勇者様！」

「救世主ヒロト様――！」

聴衆から歓声が湧き上がる。まるで広域洗脳魔法でも使ったのかと思えるぐらいの支持の高さだ。

もちろんそんなものは使われていない。

魔王を倒した英雄、そしてこれから自分達の生活を変えてくれる救世主。そんな偶像に、彼らは呆気なく騙されているだけだ。

しかし、こんな光景を見せられてしまっては、流石のカインも認めざるを得ないではないか。

――大衆は愚かだ、救いようがないほどに。

「これより暴虐の王カインを始めとする、民を虐げ私利私欲を貪っていた者達の処刑式を始める！」

安物の英雄による、高らかな宣言。

それを聞いた人々は、まるでカインの考えを肯定したかのように、こぞって腕と気勢を上げた。

「待ってたぜー！」

「卑怯者を処分しろー！」

天に届くかという勢いの大歓声。

誇張された希望は彼らの被害妄想と結びつき、処刑という儀式へと結論付けられる。そこに渦巻くのは、大衆自身によってのみ肯定される正義だ。

「勝手なことを……」

財務大臣ゴールの呟きは、彼以外の誰にも届くこと無くかき消された。

少数者の声は数の多数で容易く上書きされる。

一人は皆のために。その逆はない。

ああ、素晴らしきかな自己犠牲。

「まずは王に取り入り、私腹を肥やしていた者達からだ！」

ヒロトの合図で、カイン達の正面に設置されたギロチン台の前に何人もの人間が連れて来られた。

（なるほどな……、そういうことか）

この時点になって、カインはヒロト達の意図をようやく理解した。

ギロチン台の前に並ばされているのは、これまでカインに対して身分の違いを物ともせずに意見を言ってきた者達ばかり。つまりはカインにとって信用できる臣下である彼らを、目の前で全員殺してやろうというわけだ。

「なんと悪趣味な……」

これには流石のボルドーも嫌悪感を隠しきれない。

最初の一人が、大衆から物を投げつけられながらギロチン台に固定された。文官としてゴールの下で働いていた中年の男だ。その表情からは、既に覚悟を決めていることが窺える。

「国王陛下、バンザァァァァァイ！」

「――――！」

……ザンッ！

先程のカインを助けようとした男達に影響されたのか、あるいは最初からそれを最期の言葉にすると決めていたのか。

喉《のど》が張り裂けそうな、という表現はこの時のために考えられたと言われても納得しそうなほどの絶叫と共に、彼の首は落とされた。

その最期を瞬き一つすることなく見届けたカインと、妬むべき成功者達の死に狂喜乱舞する民衆。

空想された大義の生贄となった臣下の最期を見た青年の胸の奥底に、これまでとは違う何かが芽を出した。だがカイン本人を含め、それに気がついた者はいない。

そして次の刃は落とされた。

「アンペル王国ばんざぁぁぁぁぁいっ！」

ザンッ！

「カイン様バンザァァァァァアイ！」

ザンッ！

次々とギロチンで処刑されていく臣下達。彼らは辞世の言葉として、口々に国を讃え、王を称えた。

「いいぞぉー！」

「無能はどんどん殺せぇー！」

「もっとだ！　もっと苦しめろぉぉぉぉ！」

転がった彼らの頭部は覚悟を貼り付けた表情のままで串刺しにされ、胴体もまた人間の尊厳など無いとばかりに痛めつけられていく。男の体は内臓を引きずり出され、女の体はそれよりも先に死姦された。

……濁った瞳が赤く輝く。

笑っている。大衆は楽しそうに、そして嬉しそうに笑っている。これが正義だ、これが鉄槌《てっつい》だと。

「……」

カインは元来それほど高潔な人間ではない。

が、しかしだ。

それなりに慣れ親しんだ者達の首を目の前で立て続けに落とされて、それで心中穏やかでいられるほど偽善的でも無い。一人、また一人と散っていく臣下の姿を目に焼き付けながら、彼は自分の胸の一番底から、ドス黒い感情が確かに湧き上がってくるのを感じていた。

横に並んだ三人も無言のまま、一言も喋らない。

そして最後の一人の首が落ちた時。カインは自分のこれまでの人生が間違いだったことを確信した。

――大衆というものに、良心的な要素など微塵も期待するべきではなかった。

自由を許すべきではなかった。

蓄えを許すべきではなかった。

娯楽を許すべきではなかった。

……存在することを許すべきではなかった。

そうだ、彼らは害悪だ。

こちらに一切の利益をもたらすことなく、ただ損害のみを与える存在。世界にとってどうであれ、道徳的にどうであれ、しかし自分達にとっては存在しないことが望ましい者達だ。

「さあ、いよいよ主役の番だ！」

ヒロトの声で、人々の視線が一斉に王宮の方向に向く。目当てはもちろん、その前に並べられたカイン達だ。

油断すれば即座に赤字となる財政を切り盛りしてきた、財務大臣ゴールの首。

利害を調節し、極端に割を食う者が出ないように加減してきた、宰相ボルドーの首。

若い頃から魔族や魔獣の脅威と戦い、憎まれ役をよく買っていた、近衛隊長マグロイの首。

そして利己的な者達で蠢《うごめ》くこの国の維持に腐心してきた、若き国王カインの首。

大衆は彼らの首が落ちる瞬間を待ち望んでいた。

自分達では物事を深く考えることもなく、容易に扇動される者達。その根幹には自らの判断が間違っているわけはないという、盲目的な信仰がある。彼らにとっては建設的に物事を考えるという行為それ自体が苦痛であり、悪徳だ。

故に自分達の正統性を、他者への攻撃性で肯定する。

実際にカイン達がこの国の人々の生活の安定に貢献してきたのは事実だというのに、しかし彼らは自分達の不満は全てが堕落した王達に起因するのだと、本気で信じていた。

人は完璧にも完全にもなれないというのに、自分には到底不可能なことを、他者に対しては当然のように要求し、そしてそれが出来ないのは故意か無能だと、彼らは叫ぶのだ。

ゴールのギロチン台を担当していた兵士が剣を構えた。

「……陛下。先に行って、冥土《めいど》の様子を確認して参ります」

「……ああ、頼んだ。住むのに良い物件を探しておいてくれ」

「かしこまりまして」

……ザンッ！

財務大臣の首が飛び、群衆が熱狂した。これで税が安くなると彼らは喜んだ。

続いて、ボルドーのギロチン台を担当していた兵士が剣を構えた。

「では私もそろそろ。カイン様、向こうでもう少しまともな結婚相手を探しておきます」

「……ああ、そうだな。今度こそよろしく頼む」

「もちろん」

……ザンッ！

宰相の首が飛び、衆愚が熱狂した。これで不公平が無くなると彼らは喜んだ。

さらに近衛隊長マグロイのギロチン台を担当していた兵士も剣を構えた。

「……一足早く、先代に詫《わ》びを入れて参ります」

「……ああ、上手く誤魔化しておいてくれ」

「御意！」

……ザンッ！

近衛隊長の首が飛び、愚民共が熱狂した。世の中は平和になると彼らは喜んだ。

熱狂はまさに最高潮だ。訪れるはずのない理想郷の到来を予感して、人々はただただ舞い上がった。

つまり彼らはこう考えていたのだ。そのために必要な生贄はあと一つ、悪徳の集大成である国王カインだけだ、と。

ギロチンの刃を繋ぎ留めている最後の縄を切ろうと、兵士が剣を構える。

カインはその濁った赤い瞳を一切動かすこと無く、ただその時を待っていた。

「はっはっは！　国王なんて肩書がなきゃ大したことねぇな！」

「無能は死んで当然！」

「暴君に天罰を！」

「ざまぁねぇぜ！」

「新しい時代の……、幕開けだぁぁぁ！」

いったいカインが彼ら大衆に対して、どんな損失を与えたというのだろうか？

生まれた時点で既に存在したこの社会のシステム。

少なくともその範囲においてカインは良心的な王であったし、だからこそ彼らは今こうして広場にいられるのである。もしも本当に彼らの言う通りにカインが悪政を敷いていたとすれば、気勢を上げることはおろか、生きてここに立っていたかどうかだって怪しい。そうだ、カイン達が彼らの生活に配慮していなければ、今日のこの状況は実現し得ない。

いよいよ振り下ろされようとする剣。

しかし王族の証であるその真紅の瞳を動かすことなく、カインはひたすらにその時を待っていた。

王が王たる所以《ゆえん》。長く続いた戦乱の時代を経て、人間の支配者として彼の一族が名乗り出るに至った理由。

頭上に自らの死が迫ったこの状況において、彼自身に秘められた才覚の片鱗はようやく目を覚まし始めた。

……だが遅すぎた。

法や道徳で死者は生き返らないし、倫理や対話で流れ始めた血を止めることは出来ない。もはや相手の利益に配慮して行動してやる義理も口実も残っていないのだ……、互いに。

「待て！」

（……来た）

そしてついにギロチンの刃が落ちようとした瞬間、勇者ヒロトの声がカインの背後から響いた。

いよいよ最高のカタルシスを迎えようかという段階になって、この一件の首謀者であるはずの彼が、縄を切ろうとしていた兵士を止めたのだ。

カインは内心で自分の読み通りの展開になったこと確信した。

先程まで濁っていた……、いや、彼のこれまでの人生においてずっと濁ったままだった瞳の赤は、冷めきった心と共に完全と言っていいほどに澄んでいる。

「みんな、少し待ってくれ！」

横に王妃アシェリアを侍《はべ》らせたヒロトに、健全かつ善良な大衆の注目が集まった。もちろん、その周囲は聖戦士である三人の少女がしっかりと固めている。

「なんだ？」

「どうしたんだ？」

何事かと訝《いぶか》しむ人々。彼らは王の首が飛ばないことに対し、早速不満を漏らし始めた。

この世の『善』と『正義』を体現する民衆に、『忍耐』などという『悪徳』は一切無い。それはありえないことだ。

「みんな、聞いてくれ。今まで虐げられてきたみんなの気持ちはよくわかる。でも、もうこれぐらいで十分なんじゃないだろうか？」

「どういうことだ！　さっさと殺せよ！　俺は勝ち組が死ぬところが見てぇんだよ！」

「今まで自分達だけいい思いをしてきたんだ、ぶち殺してズタボロにするべきだ！」

処刑の中断を提案したヒロトに対し『正義感』に満ちた抗議が次々と上がる。だがヒロトはそれをなだめるように両手を上げた。彼の背後では三人の聖戦士が密かに戦闘態勢へと移行している。

「まあ待ってくれ、みんな。憎しみばかりで物事を決めていては誰も幸せになれない。暴君カインの仲間達は、もう全員死んだ。最後に残った彼には、悪の元凶となった贖罪《しょくざい》として、これからは平民として生きて貰ったらどうだろうか？」

今まで王族としての生活しか経験の無い者を、平民に落とす。

自分達の方が遥かに有能で、王族は平民と違って苦労が無いと信じて疑わない者達は、ヒロトの言葉を聞いて下衆《げす》な想像を働かせた。つまり、カインが平民の暮らしを満足にこなすことが出来なければ、それは正に自分達が優等である証明となるではないか、と。

物事は理不尽で、世の中は不公平だ。

自分達の人生が不満だらけなのは環境のせいだということが証明できると、彼らは信じ込んだ。

「それよりも聞いてくれ！　僕はこれからアシェリア様を正妃として迎え、この国の新たな王となろうと思う！」

「おお！」

「そりゃあいい！」

「そうだ！　貴方こそが本当の王に相応しい！」

あまりにも唐突なヒロトの宣言。

それを聞いた民衆は、その言葉に歓喜し、そして新たな王の誕生を歓迎した。ヒロトがアシェリアを伴っていたことで既に薄々感づいていた者もいたが、平民の大半はそこまで頭が回っていない。

彼らの感覚で言えば、まさに降って湧いたニュースである。そして、これで彼らの頭の中からカインの処刑は無くなった。重要であろうと何であろうと、人は喉元を過ぎた話をいつまでも覚えていたりはしない。

（ああ……、いいぞ）

王位の簒奪《さんだつ》。

自分自身でそれを宣言したヒロトの言葉に、カインは内心で笑みを浮かべた。

人は万能にも究極にもなれないというのに、それが実現できると思い込んで譲らない者達。そしてそれを自分ではなく他人に対してだけ求める傲慢《ごうまん》。

……大変結構だ。

同じ土俵に上がって勝負してやる必要性の全てを、彼らは打ち壊してくれている。

失脚した王の胸中の変化など露知らず、新たな国王の演説は続いた。

「それだけじゃない！　共に魔王と戦い、苦楽を共にしてくれたこの三人も、側妃として迎え入れる！　この五人で、この国を導いて行く！」

「すげぇ！」

「まさに世界の夜明けだ！」

「どうだ暴君カイン！　これが本物だ！」

愚かな大衆。

逆に清々しさを感じてしまうほどに低俗な理屈。

カインの赤い瞳からは希望を掴み取ろうという決意が消え去り、その代わりとして、失望と共に『別の決意』が差し込んでいた。

(お前達、冥土辺りでしばらく待っていろ。土産話の一つぐらい用意してから行く。……赤い瞳の一族は、俺で最後になりそうだがな)

『味方』は全て殺され、王の地位も、王族としての身分も失った。だが、どうやらまだ生き延びることができそうだ。

つまり、まだやれることは残っている。

ギロチンで死んだ彼らとて、このままやられっぱなしでは癪《しゃく》だろう。先に先代の国王の元へと向かったマグロイ達も、このままでは面子が立つまい。

叩き売りされているヒロトの演説を聞きながら、そしてそれで満足できてしまう者達に希望の限界を感じながら、カインはこれからのことを考えていた。

――先は長い。しかし大丈夫。期待には必ず応えて見せよう。

そうだ、王に王道を歩まねばならない義務などない。

――お望みなんだろう?

……『暴君カイン』というやつを。

第一章

『好機を待て、その時が来るまで』

カインが追放されてから十年後。

王となったヒロトは、妻である三人の聖戦士と共に、騎士団を引き連れて王国の北側へと来ていた。怪しい雲行きの向こう側には、一年を通して白いままの山脈が見える。

「そろそろ、相手に動きがあってもいい頃合いかな？」

ヒロトは軍用の馬車の中から窓の外を覗き込んだ。今回の遠征で使われている馬車はこの一台だけで、共に戦う仲間である三人の妻も一緒に乗っている。

「ですが、新たな魔王が出現したというのは本当なんでしょうか？　もしかしたらデマという可能性も……」

「確かにそうね……。魔王がいる割には被害が小さすぎるわ」

治癒士アドレナが示した疑問に対し、魔道士エヴァも同意した。

どちらもヒロトの妻であり、女神から勇者の補佐役として力を与えられた聖戦士だ。彼女達は十年以上前の先代魔王アクシルとの戦いと比較して、人間側の被害が妙に小さいことを気にしていた。

人が住むには適さない北方の地を本拠地とする魔族達。十数年振りに活動を活発化させた彼らは、既に辺境にある小さな村の幾つかを壊滅させている。辛うじて難を逃れた者達の話によれば、その時の一人が他の魔族達から魔王と呼ばれていたというのだが……。

確かに、現地住民の大半は容赦無く虐殺されてはいたのだが、しかしその被害規模は、魔族を実力で従えるはずの魔王によるものとしてはあまりにも小さい。本当に魔王が復活したのならば、少なくとも十倍以上の被害が出ていて然るべきだというのが、エヴァやアドレナの意見だ。

「滅ぼしたはずの魔族が復活したのは間違いないんです。それだけでも戦う理由には十分ですよ」

魔弓士ユリアは、二人の懸念を一蹴した。魔王ほど極端ではないにせよ、魔族もまた人間の生活を脅かす存在だ。

「ユリアの言う通りだ。人間の脅威と一番戦えるのは僕達なんだからね」

魔王の脅威が去ったのは十年以上も前。それだけの空白期間ができた今となっては、脅威に対抗する力である勇者と聖戦士への感謝の念は、大幅に薄れてしまっていた。

喉元過ぎれば熱さなど即座に忘れる。それが大衆という者達である。

……故に改めて理解させなければならない。自分達がいったい誰のおかげで日々を平穏に過ごすことが出来ているのか。そしていったい誰を崇《あが》めるべきなのかを。猿とて群れの上下関係ぐらいは理解する。それ抜きで生き残れるほど、世界は甘くはない。

であれば、だ。

猿以下の知性と学習能力しか持たず、身の程も知らない愚民共が自力で生き残れるわけがないではないか。

いったい誰のおかげで生きていられるのか。

勇者のおかげだ。

勇者ヒロト様のおかげだ。

それを改めて知らしめねばならない。彼は……、ヒロトはそう考えていた。

「魔王だろうとなんだろうと、人々の幸せを踏みにじる奴らは僕が許さないよ。……それが勇者だからね」

「ヒロト様……」

「それでこそヒロトです」

「やだ、惚れ直しちゃったわ」

身の丈に合わない称賛を求める行為ほど浅ましい行動というのも、世の中にはそう多くない。虎の威を借る異世界人が思い上がった直後、それを嗤《わら》うかのように馬車が急停止した。

「きゃっ！」

「なんだ⁉」

三人の妻の称賛を集めて気分を良くし始めたヒロト。彼は水を差されたことに腹を立てながら、馬車の窓を開いて頭を出した。

「どうした⁉」

「敵襲です！　既に周囲を魔族に囲まれている模様！」

「なんだと⁉　見張りは何をしてたんだ！」

ヒロトは剣を取って馬車の外に飛び出した。他の三人もそれに続く。

もしも彼ら四人が呑気《のんき》に馬車に揺られたりしていなければ、そして他の者達同様に各自で馬の手綱を握っていたならば、あるいは敵に先手を取られることは無かったかもしれない。

「うわぁぁぁぁぁ！」

狩るか狩られるか。まるで神の威を刈り取る権利を奪い合うかのように、そこでは既に殺し合いが始まっていた。

阿鼻叫喚《あびきょうかん》。ここはそう表現するべきだろう。

雨あられと降り注ぐ魔法と、それに怯んだ所に襲いかかる魔族達。猫の耳や犬の尻尾、あるいはコウモリの羽を生やした戦士達が、無い袖すら振ってやろうとばかりに人間を屠《ほふ》っていく。

彼らは見た目こそ人間に近いが、骨や筋肉の質が根本的に異なっており、華奢《きゃしゃ》な体であっても人間基準では十分に屈強な兵士として通用する。ましてや彼らの中での精鋭となれば尚更だ。

「ぎゃっ！」

鬼のような角を生やした筋骨隆々の男達が鉄の棍棒《こんぼう》を振り回し、その圧倒的な力でもって金属鎧に身を包んだ人間の兵士達を次々と吹き飛ばしていく。説明するまでもなく明白な、パワーファイター。横薙《よこな》ぎにされた者は衝撃で骨を砕かれ、潰れた鎧に圧迫されて胴体を潰された。

ある者は、凹んだ鎧が邪魔で肺を膨らませることができず、呼吸ができなくなって窒息した。

別の者は、折れた骨が内臓を突き破り、痛みを抱えたまま失血死した。

しかしそんな者達でも、人の形をしたままで死ねるのだからまだ良いほうだ。棍棒を上から振り下ろされた者など、頭部と胴体、そして肉と鎧が潰されて一体化してしまっている。

果たして、これを名誉の戦死と慰めて良いものかどうか。これでは魔族と比べて、いったいどちらが化物かわからない。

「いたぞっ！　たぶんそいつらが勇者だ！」

馬車から出てきたヒロト達の存在に気がついた魔族が、声を張り上げた。魔王討伐隊として勇者ヒロトが引き連れてきた王国の精鋭五百人は、魔族の奇襲により早々に全滅した。つまりヒロト陣営にとって、残る戦力は彼自身を含む四人だけということになる。

「仕方がないわね。帰りは交代で馬の手綱を握りましょうか」

ここまで馬車の手綱を握っていた男がやはり死んでいるのを横目で確認しながら、エヴァは杖を構えた。敵の数は目算で数百人規模だというのに、しかし彼女はこの戦いに負けるとは微塵も思っていないようだ。

なにせ以前の魔王との戦いでは、この四人だけで魔王城にまで乗り込んだのである。それを踏まえれば、今更これぐらいの敵に囲まれたぐらいはどうということもないのだろう。彼女はむしろ、北方の地の寒さの方をよほど気にしていたぐらいだ。

そうだ。他人にお膳立てされただけの成功体験は、怠惰な人間を調子付かせる。

「十年経って、魔族達も私達の恐ろしさを忘れてしまったようですね」

魔弓士ユリアもやる気満々だ。聖戦士三人の中では、王宮での気取った生活が一番性に合わない彼女は、ここはストレスを発散するのに大変都合が良いと思いながら、弓を構えた。

「そういうことさ」

ヒロトもまたそれに応えるように聖剣を抜く。刃が白い光を帯び、彼が紛れもない勇者であることを証明した。

それを見て一歩後退した魔族達。

後になってみれば、この一瞬の反応の意味に気づくべきだったのだろう。しかしヒロト達はそれを、彼らが自分の力を恐れているのだと受け取った。

……おかしな話だ。

十年前に魔族が一度全滅したというのなら、つまりこの場にいる魔族達は勇者の力を初めて見るということではないか。それでどうして、『既に勇者の力を見たことがあるかのような』反応を示すのか。

「それでは私も攻撃に加わりましょうか。……どうせ今回も怪我人は出ないでしょうし」

この世界の魔法に、死者を蘇《よみがえ》らせる類のものはない。

周囲の味方が誰も生きていないことはひと目見れば明らかで、つまり治癒士であるアドレナがその本領を発揮できるのは、自分やヒロト達が傷ついた時だけということだ。ただ怪我人が出るのを待っているだけではやることがないと判断した彼女は、自分も一緒に戦うことにした。

エヴァやユリアには劣るとはいえ、聖戦士の力で強化された彼女の魔法の威力は、その辺の一流魔道士よりも数段上である。

「喧嘩を売ったのは君達だ。殺されることに異論はないね？」

ヒロトの言葉で動揺する魔族達。しかし薄情者の言葉を信用するのは考えものだ。彼にとって、この戦いはただの点数稼ぎに過ぎない。喧嘩など売られなくとも、初めから殺す気満々である。

泣こうが喚こうが、あるいは情に訴えかけようがどうしようが、ヒロトは彼らを一人残らず殺すつもりでここまで来ていた。

「待て」

黒い曇り空の下、やけに通る声が魔族達の背後から響いた。

魔族の壁が割れ、その奥から全身を鎧で覆った男が歩いてくる。いかにも自分は悪の体現者だと言わんばかりの、重量感溢れる凶悪な鎧の意匠。それを紫のマントがさらに強調していた。

（誰だ？　それにこの声は……、どこかで聞いたことがあるような……？）

ヒロトはその声を聞いた時、目の前の人物と初対面ではないような気がした。しかし該当する人物が一人も思い浮かばない。

彼は記憶力に特別優れているわけでもなく、この世界の住人は自分を引き立てるために存在する舞台装置だと本気で思っているのだから、別に不思議はないだろう。

それにしても——。

ドッドッドッドッドッドッ。

男と共に近づいてくる、空気を支配するような脈動。

規則正しく、揺るぎない力を誇示するかのように繰り返されるリズムは、彼が明らかな強者であることを世界に知らしめていた。

「アンタが魔王？」

エヴァが遠慮なく杖を向けた。

相手が魔王かどうかはまだわからないが、少なくとも今自分達を囲んでいる魔族達のリーダーであることは間違いない。

このまま彼女が呪文を唱えれば、敵の指揮官に向かって容赦無く魔法が飛んでいくだろう。魔族達の様子を見る限り、彼らがエヴァの魔法の威力を知っていることは明白。指揮官が跡形も無く吹き飛ばされる未来を想像した魔族達の目に、不安の色が差し込んだ。

「如何にも」

しかし魔王は微塵も取り乱すこと無く答えた。

発せられる脈動は一層激しさを増し、彼が既に戦闘態勢に入っていることを周囲の全員に強調している。他の魔族達とは対照的に、彼にはヒロト達に対する恐れや焦りは一切見られない。それは彼が魔族の中でも別格の存在であるという事実をヒロト達に示していた。

(嘘は言っていない。間違いなくコイツが魔王だ！)

人は自分自身の判断を無条件に肯定したがる。完全にも完璧にもなることはできないというのに、しかしそれでも自分だけは正解を引き続けることが出来ると信じて疑わない。

故にヒロトは相手の言葉をそのままの意味で受け取った。かつて屠った先代の魔王を遥かに上回る威圧感、存在感。否定的な判断材料の全ては、ただ押し潰されて潰えた。

そして――。

王族にだけ受け継がれる、赤い瞳。それは兜の奥で人目を避けるようにひっそりと、しかし確かに輝いていた。まるで秘められた力に呼応するかのように、黒い雲で覆われた空も力の解放を求めて鳴り始める。

向き合う魔王と勇者達。魔王の頭部全体を覆う兜と、その奥にある瞳の赤。視線がしっかりと交差したにもかかわらず、ヒロト達は誰もそれに気が付かなかった。いや、気に止めなかったと言う方が正しい。

赤い瞳の王がこの世界からいなくなって既に十年。異世界から来たヒロトはそんなことには最初から何の興味も無かったし、彼の妻となった三人とて、それが重要なことだとは一度も考えたことが無かった。赤い瞳の一族の存在は、完全に過去として、忘却の海の底へと沈んでいたわけだ。もしも彼らが本当に真剣に王国の運営を考えていたのなら、その意味に気がつくことが出来たかもしれない。

「俺がやる。お前達は下がっていろ。……巻き込まれないようにな」

空気を切り裂くように響く魔王の声。それを聞いた魔族達が、躊躇《ためら》いなく距離を取り始めた。明確に示される上下関係、そして力関係。

「逃がすわけないでしょ！　フレイム——」

——ゴキュ！

「——!?」

後退する魔族達を炎の魔法で薙ぎ払おうとしたエヴァ。しかし彼女は魔法を放つ直前になって異変に襲われた。杖を構えていた腕が、いきなり何かに掴まれたかのように潰されたのだ。

魔力の供給が断たれたことで魔法が不発に終わり、動き始めようとした戦場が再び急停止した。

だが、いったい何が起こったというのか。

魔王を見れば、彼はいつの間にか右手を握りしめ、突きつけるようにして彼女に向けていた。

どうやったのかはわからない。しかし誰の仕業によるものかは、これで明らかになったも同然だ。

「あ……、う……」

エヴァが脳裏を疑問で満たしながら、呻き声を上げた。この世界の女神から、勇者の補佐役として聖戦士の福音を与えられた彼女は、これまでその圧倒的な戦力を持って敵を一方的に蹂躙《じゅうりん》してきた。しかし戦場に立つようになったのは、あくまでも福音を手に入れた後の話だ。

早い話、エヴァにせよ他の二人にせよ、彼女達は敵の攻撃によって大きな傷を負ったこともなければ、痛みに耐えるための訓練すら受けていない。

「エヴァ！」

「エヴァさん！」

地面に落ちた杖。そして潰された腕を抑えながら蹲《うずくま》ったエヴァと、それに駆け寄ろうとするヒロトとアドレナ。無能な働き者達は積極的な行動で味方に不利益をもたらすというが、この時の彼女達の行動は正にそれだった。

「うっ！」

治癒士の本領を発揮しようとしたアドレナの首を、見えない力が掴む。魔王の腕の動きに合わせて、今度は彼女の体が宙に浮いた。手足をばたつかせて抵抗を試みるが、実体の無い手は振り払いようがない。

そして――。

――ゴキャ！

「……」

この世界の魔法には死者を蘇らせる類のものはない。首を骨ごと握り潰されたアドレナの人生は、ここで終わった。聖戦士として神に選ばれた人間の、呆気ない幕切れ。どうやら魔王は虫をいたぶるような趣味を持っていないらしい。

殺せる時に殺す。

殺すべき時に殺す。

そこには享楽的な目的としてではなく、現実的な手段として殺戮《さつりく》を行う男の姿があった。

「なんだ？」

倒れたエヴァに注意を奪われていたヒロト。

彼は頭上で響いたその音を聞いて、ようやくアドレナの異変に気がついた。エヴァの後を追うようにして崩れ落ちた彼女に駆け寄って体を揺さぶる。

「アドレナ！　どうしたんだ！　しっかりしろアドレナ！」

この世界の魔法には死者を蘇らせる類のものはない。しかし仮にそんな魔法が存在したとしても、この場でそれを行使出来る者はいない。

だが自分達は特別な存在であるという驕《おご》りが、事態と実体の把握を妨げた。生者ではありえない方向に曲がった首、そして今さっきエヴァの腕が同じように潰された事実を以ってしても、ヒロトはアドレナが死んだということを理解できなかった。

人は安全地帯から敗者を嘲笑し、そしていざ自分が同じ境遇に立たされると、全く同じ轍《てつ》を踏む。

そしてヒロトもまた、所詮は貰い物の力の上に胡座《あぐら》をかいて周囲を見下していただけの小物である。

いざ自分自身が困難に直面したところで、それを理解し立ち向かうだけの力はない。そういう類の能力は、苦難と困難の中でこそ養われるものであり、女神から貰った力に頼って気を良くしているようでは論外だ。

「この！　よくも二人を！」

この事態の犯人に気がついた魔弓士ユリアが弓を引く。

狙いは当然、魔王だ。少なくとも、彼女はヒロトよりは現実が見えていたと言えるかもしれない。

バシュ！

先代魔王の防御も難なく貫いた魔法の矢が、新たな魔王の心臓へと迫る。

(貰った！)

ユリアは勝利を確信した。魔王はまだ一歩も動いていない。仮に今から動き始めたとしても、タイミング的に回避は不可能。と、そう判断したわけだ。……まったくもって愚かな女である。

カンッ！

「なっ！」

魔王の左胸に吸い込まれた魔法の矢。しかしそれは呆気なく、安っぽい音を立てて鎧に弾かれた。

文字通り、傷一つついてはいない。

グキョ！

「――――！」

魔王が何かを握り潰すかのように宙を掴むと、エヴァに続いてユリアもまた、返礼とばかりに腕を握り潰された。

アドレナのいない今、その腕がこの場ですぐに治る可能性は間違いなく、無い。そして弓というものが両手で使う武器である以上、彼女の戦力的な価値もまた、ほぼ絶望的な水準へと急降下した。

「ユリア！」

ガシュ！

「……え？」

ヒロトが視線をエヴァからユリアへと移動させたのと同時に、魔王はその腕を今度は横に振った。手刀が空を切り、それに合わせて駄目押しとばかりにユリアの首が斬り裂かれる。

「ヒロ……」

訳がわからないまま仰向けに倒れるユリア。その視界を黒く不機嫌な空が埋めた。彼女の脳内に疑問が奔流となって押し寄せる。

（どうしてこうなるの？　だって……、私達は、神に選ばれた存在でしょう？）

彼女の意識に深く根付いた選民思想。それがこの段階になって尚……、いや、この段階だからこそ現実の認識を拒んだ。

（私達は聖戦士。女神に選ばれた存在。ヒロトの手足。だから何をやっても許される。だって私達がこの世界の主役なのだから。そうでしょう？……そのはずでしょう？）

疑問に目を見開いたまま、魔弓士ユリアは人生の最期を迎えた。そしてその返り血を浴びたヒロトの理解が現実に追いついたのは、この段階になってようやくだった。遅過ぎるというべきか、あるいは彼にしては早いというべきか。

「お前……！　よくもみんなを！」

今まで想像すらしたことがなかった仲間の死。

憎しみを宿した目で魔王を睨みつけ、ヒロトは聖剣を構えた。そもそもの話として、彼がもっと早い段階で魔王に攻撃していれば、二人はまだ生きていたかもしれない。しかしその可能性を考えるのは苦痛であり、悪徳である。なぜなら、それは彼にとって非常に都合の悪い事実だからだ。

善悪の基準は決して一律ではない。勇者ヒロトのそれは、彼自身の気分と機嫌と、目先の都合で決まる。

そう、大衆と全く同様に。

勇者に合わせて、魔王もまた剣を抜いた。

「……なんだ、その剣は⁉」

僅かに黄色みを帯びた白を纏ったヒロトの剣。それに対し、魔王の剣は僅かに紫を帯びた黒を纏っていた。剣そのもののデザインも、酷く似通っている。

明らかな対称関係。

流石のヒロトも、魔王の剣が自分の聖剣と対を成す物である可能性にすぐ辿り着いた。そうだとすれば、聖戦士である三人が呆気なく敗北したことにも説明がつく。聖戦士よりも強力な勇者の力。目の前の敵がそれと同等の力を持っているというのならば。

そして直後の魔王の言葉が、ヒロトの心を強く揺さぶった。

「これか？　この剣は女神から与えられた。……悪しき勇者を駆逐するためにな」

「バカな！」

ヒロトは魔王の言葉を疑った。

当然だ。聖剣もまた、勇者の力と一緒に彼が女神から与えられた物だ。言うなれば、女神が彼に加護を与えたと言っていい。その女神がどうして敵である魔王に力を与えるというのか。

「嘘だ、嘘に決まってる！」

ヒロトは魔王の言葉を撹乱《かくらん》戦術だと結論づけた。

人は自分に都合の悪い情報をそう簡単に信じたりはしない。悲観的な現実は虚構となり、楽観的な判断こそが現実となる。……負けている状況では特にそうだ。

「うぉぉぉぉぉぉぉ！」

ヒロトは剣を振りかぶると、敵を一刀両断しようと走り出した。その様子を剣術に秀でた者が見れば、おそらくこのように感じるのではないだろうか？

ナンセンス。才能の欠片も、努力の痕跡も見当たらないと。

ヒロトのそれは、ただひたすらに勇者の力を当てにした戦い方だった。だが成長とは、恥と屈辱を呑み込んだ者にのみ許される特権であり、貰い物の力に頼るだけの者に、望む未来など訪れはしない。

ガシュシュ！　グシュ！

魔王は冷静に剣を振り、向かってきたヒロトの両腕両足を難なく切り落とした。そこには何の感

既も見当たらない。

当たり前だろう。何の美学も持たない相手なのだから。

——そう、美学だ。

それがどれだけ利己的であったとしても。

それがどれだけ愚かであったとしても。

それがどれだけ醜悪であったとしても。

美学あるものにこそ、人は惹かれる。

己の一分《いちぶん》を通そうとする者にこそ、人は魅せられ動かされる。

「あぐっ……！」

苦痛に歪む顔。胴体だけになった勇者ヒロト。何の美学も無い男は、何も出来ずに地面に転がった。あまりの痛みで叫び声を上げることもせず、彼はそのまま呆気なく意識を失った。

過去に同じような状況に置かれた者達の中には、せめて最後に一矢報いてやろうと噛みつきを試みた者までいたというのに……。

「……」

勇者が動かなくなったことを確認すると、魔王はその横を素通りし、今度はエヴァに向かってゆっくりと歩き始めた。

「あ……、あ……」

時間の猶予によって多少は痛みに慣れたエヴァだったが、横で既に屍《しかばね》となっている二人、そして胴体だけとなったヒロトを見て震えていた。彼女の脳裏に、これから訪れるであろう自身の最期の姿が浮かび上がる。

（こ、殺される！）

ようやく見えてきた、現実的な未来。しかしそれを意識した途端、彼女は全身が震えて上手く声を出せなくなった。恐怖が体を縛り付ける。

「こ、来ないで……」

なんとかこの場から逃げ出そうと体を動かした彼女は、足がもつれてそのまま尻もちをついた。その間にも魔王は止まること無く彼女に向かって歩いてくる。絞り出す様な悲鳴を辛うじて出しながら、エヴァはそのままの体勢で後ずさった。

いったいどうしてこうなったのか。彼女の中が疑問と混乱で満たされていく。自分達はこの世界の中心のはずではなかったのか、と。

長年に亘って繰り返された勝利と成功。そしてこれまで全く訪れることが無かった敗北と失敗、そして苦痛と苦難、絶望。

『この世界をあなた達の好きにしていいわ』

聖戦士の力を与えられた時、あの女神は確かにそう言ったのだ。

だからこそ魔王を倒して名声を手に入れ、ヒロトを王にして権力と財力を手に入れた。高価な服やアクセサリーで着飾り、ヒロトに色目を使う女は一方的に『処分』した。殺せなかったのは、あの正妃アシェリアぐらいのものだ。

エヴァの思考は輪廻《りんね》に嵌った。何が悪かったというのか。……いや、悪いことなど何もしていない。この世界は自分達のためにあるはずだ。であれば、自分達はあるべき姿の体現者ではないか。正しいはずだ。いや、間違いなく正しい。だって世界はそうあるべきだと神が言ったのだから、と。

……が、しかし彼女の認識に反し、現実はそうはなっていない。勇者ヒロトは敗北し、他の聖戦士二人は既に死んだ。そう、彼女の目の前に立つ男、魔王の手によって。

「た、助けて……。お願い……。何でも、するから……」

失禁。

もはやその傲慢さを維持する余力もなく、惨めに服と地面を濡らしながら、エヴァは鎧に身を包んだ男を見上げて命乞いをした。恐怖によってか、もはや正気を維持しているかどうかも不透明な彼女と、それを無言で見下ろす魔王。

数秒の静寂。

成り行きを見守っていた魔族達も、そして生にしがみつこうとしたエヴァも、ただただ彼の反応を待った。そう……、この場の支配者となった男の反応を。

ドッドッドッドッドッ！

周囲に撒き散らされる鼓動。それは魔王がまだ臨戦態勢にあることを知らしめていた。

「……」

兜の奥で、魔王の瞳が赤く輝く。見定めるべきは夢か現《うつつ》か。いや、それとも……。

そして決断と共に、彼はエヴァに背を向けた。

「勇者の傷を治せ！　腕と脚は無くしたままでいい！　嵐が来る前に引き上げるぞ！」

翻って再び歩き出した魔王が魔族達に指示を出す。

(助かった……)

――首の皮一枚つながった！

歩きながら剣を収める魔王。その紫色のマントが揺れながら離れていくのを見て、エヴァはそう思った。

(そうよ……。だって女神様が言ったのよ)

自分達がこの世界の主人公、そしてこれは自分達が主役の物語。だからここで死ぬわけなどないのだ。きっとこれは話を盛り上げるためのイベントに違いない。

(そうよ、そうに決まってるわ！)

死んだ二人は神の奇跡で蘇り、自分とヒロトは新たな力を得てもっと強い存在になるのだ。

(きっとそうだわ……！)

――グキュ！

「……？」

首の付近から体内に響いた衝撃、広がる痛み、そして不自然に傾いた視界。エヴァは気が付かなかった。魔王が治療しろと言ったのは勇者のみ。そこに魔王の攻撃で腕を負傷した彼女は……。含まれていない。

制御不能に陥り、意識と共に崩れ落ちたエヴァの体。それに背を向けたままの魔王は、いつの間にか宙を掴むようにして左手を握っていた。

†

「困ったことになりましたな……」

「いや、まったく……」

王宮のある一室で、宰相オルガと財務大臣トリエールは一緒に頭を抱えていた。

魔王を討伐すると言って意気揚々と王都を出発した国王ヒロト達。その彼らが全滅したと言うのである。

いや、正確には全滅ではない。ヒロトだけはまだ生きている。

魔王軍の使者を名乗る魔族達が、勇者を打ち倒した証拠として、両腕両足を失った彼を『持って来た』のである。正式な宣戦布告に来たというが、なんとご丁寧に聖剣までもこちらに渡してきたのだから驚きだ。

オルガは彼らの話を元に大急ぎで馬を走らせ、実際に全滅している魔王討伐隊を確認した。

聖戦士三人をそのままにしておくのは政治的に好ましくないということで、今は遺体の回収に部隊が向かっている。魔王軍の使者からは、その部隊に対して攻撃を仕掛けない旨が予め告げられたのだから、宰相達は更に驚いた。

しかし冷静に考えてみれば、それは自分達の戦力を誇示するためだろう。

聖戦士どころか、勇者すらも歯が立たない魔王。そして聖剣を返却してしまうだけの自信と余裕。

大衆がこれを知ったらどういう反応をすることか。

きっと全てを読み切っての行動に違いない。

「陛下はもう剣すら握れない身。これでは魔王に勝てる者が見当たりませんね……」

トリエールはゆっくりと頭を掻いた。

そう、最大の問題はそこだ。数の上でなら騎士団五百人の損失はまだ許容できる範囲だが、質の面に関してはそうもいかない。初戦で勇者と聖戦士という最高戦力を全て失ってしまったのだから当然である。

「ひとまず教会に依頼して神託を願うとして……、可能性がありそうな者に聖剣を握らせてみますかな?」

聖剣は勇者の証。剣を抜き、刃が光を帯びればそれが勇者の証明となる。

オルガの発言はつまり、人々に片っ端から剣を持たせて次の勇者を見つけ出そう、ということだ。

「確かに何もしないよりは良いでしょうが……。そもそも勇者の力は女神から与えられるもの。その女神からの神託がないということはつまり……」

トリエールの推測は当たっていた。

聖剣はあくまでも勇者の力を発揮するための道具であり、別に聖剣自体が持ち主に勇者の力を与えてくれるわけではない。女神が誰かに勇者の力を与えなければ、永遠に目当ての人物は見つからない。

「そういえば……、確か魔王は女神から力を与えられたのでしたかな?」

オルガは魔王軍の使者の言葉を思い出していた。聞くところによると、魔王は女神から聖剣だけでなく、聖鎧《せいがい》まで受け取ったという話だ。

「馬鹿な。いくらなんでも魔族が次の勇者になるなどと。ハッタリに決まっている」

トリエールは吐き捨てた。そもそも魔王が聖剣と聖鎧を使うなど、聞いたこともないと。

世界で人間だけが善性を持つ存在であり、勇者となる資格を持つ。それがこの世界に唯一存在する宗教の教義であり、そして人々の共通認識だ。

「そうですね。しかし何もしないというわけにもいきますまい。でなければ、反国王派の貴族達に弱みを見せることになる」

近くの物は大きく見え、遠くの物は小さく見える。この二人の中年は、魔王よりもむしろ王国内の貴族達の方を気にしていた。

領土的な意味でも、そして役職的な意味でも、国王ヒロトから遠くにいる者達はその分だけ恩恵を受けにくい。しかし、かつての国王カインと宰相ボルドーが、その辺を調整することで一定以上の不満が溜まらないように配慮していたのに対して、前国王を否定することで支持を集めたヒロト達はそれを一切しなかった。これまでカイン達の配慮を受けていた者達を既得権益者と非難し、自由と自己責任という甘美な誘惑の下に彼らを切り捨てたのである。

『持てる者達』のわかりやすい没落に大衆は歓喜した。これぞまさしく平等、国王ヒロトは正義の実行者である、と。

それが低俗な人気取りであることすら理解できず、彼らは大いに溜飲を下げたわけだ。そして勢いがついてしまえば、後は呆気ないものである。それまで大人しかった地方の民は調子付き、事実上の王の許可を得て各地で反乱や暴動を起こした。悪化していく経済と治安。管理を義務付けられた土地を離れられない貴族達を尻目に、平民達は市民権を求めてこぞって王都へと向かった。

ヒロトの治める王都へと向かう人々を、手放しで持て囃《はや》す世論。しかしおだてられて気分を良くするのは、自分の能力の限界を追求していない人間の特徴だ。

困難に挑む本物の戦士は、自分の無力さを理解することはあっても、それで勝負を投げたりはしない。

とはいえ薄情者にそんな哲学があるわけもなく、急激に人口が増えた王都では仕事が見つからない者が多く発生した。

見えていた破綻。しかし力の無い者達は悲観的な現実に向き合うだけの勇気を持たない。勇気無き勇者ヒロトは、王都の市民権を持つ者全員に最低生活費を支給すると宣言した。……大衆の尊大な妄想と思い込みが、確信へと変わった瞬間である。

彼らは思った。勇者ヒロトこそが救世主。国王ヒロトは歴史上最高の善王、最善王だ、と。そしてそれは同時に、経済に明るい地方貴族や商人達が反国王へと舵を切る決定打にもなったのである。

「宰相閣下！」

慌てた様子で役人が部屋に入ってきた。

「なんだ⁉︎　大事な話をしている最中だぞ！」

「たっ、大変です！　広場で魔族達が演説を始めました！」

「……なに？」

驚くオルガと、外の様子を確認しようと慌てて窓を開けたトリエール。

窓の外からは、張り上げられた男の声が聞こえてきた。

「傲慢の化身である人間達よ！　聞け！　お前達の王、勇者ヒロトは……、我らが魔王陛下によって倒された！」

かつてカインがギロチン台にかけられ、そして全ての臣下を殺された広場。声の主が立っているのは、正にそこである。だが魔王軍の使者として王都に来た男の周囲には、一緒に来たはずの他の魔族の姿は見当たらない。いるのは彼一人だけだ。

そして帽子を取って頭部に生えた犬の耳を晒した大男に、人々の注目が集まった。

「なんだ？」

「おい、あいつ魔族だぞ！」

人間の国であるこの王国では、魔族は人として扱われていない。即ち、魔族の子供を殺しても、魔族の女を強姦しても、国内では一切お咎め無しである。いや、それどころか、逆にそれが奨励されているぐらいだ。

人間は正義、魔族は悪。それは結論ではなく前提として存在する。幼い子供を殺せば害獣駆除、若い女を犯せば武勇伝。いずれにしても人間は常に『善人』である。

故に魔族がこのような目立つ行動をするなど、これまでの常識からすれば考えられない事態と言っていい。

「勇者は両手と両足を失い、既に王宮に戻っている！　嘘だと思う者は確かめてみるがいい！」

人の大半は文字を読めても文章を理解することが出来ない。彼らは物事を論理と理性ではなく、印象と感情で判断する。

故に、広場にいた者達は彼が何を言っているのかを即座に理解できなかった。この場において、魔族の言葉の意味を正確に汲み取れた者は極僅かだ。

「何言ってやがる！」

「ふざけてんじゃねぇぞ！　魔族ごときが！」

そしてその彼の言葉を理解できた僅かな者達が、自分達よりも格下だと思っていた魔族の態度に激昂して物を投げ始めた。石、酒瓶、あるいはナイフやフォーク。敵意と悪意の代理が、魔族の男に殺到する。そこには慈愛も敬意も、そして当然のことながら美学や哲学などあるわけがない。

単に気に入らないから攻撃する。ただそれだけだ。

そしてそれを見た他の者達も、魔族の男が自分達にとって都合の悪いことを言ったのだと判断して追従し始めた。別に彼らが自分の頭で考えて判断したわけではない。

真に人であろうとする者達は、周囲を参考しつつも自分の行動は自分で決める。他人の後ろをついて行くだけの者達に高等な評価は不似合いだ。

「おっと！」

飛んでくる瓶や刃物をかわし、受け止め、魔族の男は王都の外に向かって走り出した。魔族の身体能力は人間を大きく上回るので、彼を止められる者も追いつける者もいない。

「魔王様は女神に認められて聖剣を与えられた！　お前達の時代もいよいよ終わりだ！　人間共！」

魔王様。

女神。

彼らはどうして魔王には『様』をつけて、女神には『様』をつけないのか。しかしそれを疑問に思った人間は誰もいない。ただ怒りのままに、自分達が上であることを示す好機を追いかけているだけだ。

「早く！　早く来い！」

王都の外では他の魔族達が待っていた。

馬車……、いや、馬でなく魔獣が引いているので獣車というべきか。とにかくそれに乗って、早く来いと手招きしている。男を後ろから追いかけてくる人間の数を確認して、顔面蒼白《そうはく》だ。

呑気な顔をしているのは、黒茶色の体毛を纏った魔獣だけである。

大の大人でも跨《また》がるのに苦労しそうな巨体。丸みの強いシルエットとつぶらな黒い瞳の組み合わせは、争い事への無関心さとマイペースさを醸し出していた。それを肯定するかのように下半身に履かされた、純白のおむつ。いや、履かされたというよりも、自分から履いたと言う方が正確か。

ダイパーウォンバット。それがこの動物の名前だ。長いので『おむつ』と呼称されることが多い。

見た目はあれでも、騎乗用としては優秀な魔獣である。

「なんだそりゃあ！」

「舐めてんじゃねぇぞコラ！」

その生態を知らない者から見れば、完全に馬鹿にしているとしか思えないようなルックス。魔族を追いかけた先にそんな生物が待ち構えていたことで、王都民達の怒りはさらに一段高みへと打ち上がった。

「やってやったぜ！」

「いいから逃げるぞ！　急げ！」

男は満面の笑みで獣車に飛び乗った。別にこの行動で歴史が大きく動くわけではない。わけではないが、しかし彼らの心情としては極めて大きな意味があった。

しかしそんな感動など、どこ吹く風。待ちくたびれたとばかりに魔獣が飛び出した。その見た目にそぐわない力強い走りで、追ってくる群衆を一気に突き放していく。どんどん離れていく王都と獣車の距離。

王都の外まで来た人々は、そこで足を止めた。

「ちっ、逃げやがった！」

「やっぱり魔族は卑怯者だな！」

離れていく魔族達を追いかけていく気概のある者など、いるわけがない。

国王カインが追放されてから十年。

赤い瞳の王達の時代には、魔族が歩いてもせいぜい白い目で見られる程度で済んだ王都は、理由なき侮蔑と同調圧力、そして誠実な悪意が渦巻く街と成り果てていた。

そして、魔族の男が広場で非常に短い演説を終えて立ち去ったその頃、聖地にある教会所有の神殿においても異変が起こっていた。

「台下！　女神様から新たな神託が下りました！」

「神託が？　いったいなぜ今……」

部屋に飛び込んできた神官の知らせに、教皇グレゴリーは首を傾げた。実はこの時点で勇者ヒロトは既に魔王に敗北しているのだが、その情報はまだ王宮で止まっており、教会側まではまだ伝わっていない。そのため、神託の目的に全く心当たりが無かったのである。

グレゴリーも部隊を王都の外に向かわせたのは一応把握してはいたが、それはヒロトに援軍を送ったのだろうと判断していた。

十年前のクーデターにおいてヒロトを陰から支援していたのは他ならぬ彼らだ。故にその時の経験から、勇者ヒロトが敗北するとは万に一つも考えていなかったのである。

……同行した兵士達の中から死人が出るだろうとは思っていたが。

「それで、神託ではなんと？」

もしかすると魔王を倒した後の対応に関することかもしれない。教皇はそう推測した。だとしたら神託がこのタイミングであることにも頷ける。きっとヒロトが魔王を倒したのだろう。

次の魔王が現れないように封印を行ったりしろというのなら、それはむしろ歓迎だ。そういう仕事は教会の役目であり、自分達の発言力の強化につながる。そんなことを考えた教皇グレゴリーだったが、その予想は直後に裏切られた。

「はっ、それが……。新たな魔王に対抗するために、その……」

神官の男は口籠《ごも》った。

「……どうしました？」

つまり魔王はまだ生きている。教皇は自分の予想が外れたことに内心で少し落胆しつつも、続きを促した。

しかし、そもそもなぜこの神官は口籠ったのか。

それは、彼自身もこれが果たして事実なのかどうか信じきれていないからである。だがここまで来たら最後まで言わなければならない。神官の男は意を決して続きを話し始めた。

「せ、先代の国王カインを、新たな勇者にすると……」

「――!?」

十年前に権力の頂点から堕とされた男、カイン。

かつて教会を差し置いて、現実的な善政を実現させ始めていた若き国王。

そして教会の影響力を維持するためにヒロト達を陰で操り、一度は排除に成功したはずの男。

その彼が、再び世界の中心に舞い戻ろうとしていた。

†

王国の東にある辺境の地。

ここは長年に亘って、とある一族の本拠地として機能してきた。

通称、罪飼いの一族。

訳有りの人間の監視や軟禁、あるいは監禁を受け持つことで、見返りとして王国から便宜を与えられてきた者達だ。

そんな彼らの所有する、周囲を城のように高い塀《へい》で覆われた村で、かつてこの国の王だったカインは唯一の住人として生活していた。

国王だった頃とは比べるまでもない、粗末な服、粗末な食事、そして粗末な家。嫉妬に狂う大衆にとっては、溜飲を下げるに絶好の姿がそこにあった。

生活は基本的に自給自足。朝から晩まで畑を耕し、冬や不作に備えて保存食を作る。

しかし作りすぎては駄目だ。生活にゆとりができれば、空いた時間でここを抜け出す準備をしているのではないかと疑われてしまう。結果として、それらは税の名目で取り上げられてきた。

身の回りの品も同様だ。生活を少しでも楽にしようと道具を工夫したりすれば、やはりすぐに取り上げられる。

塀の外には出られないので、狩りをして腹一杯になるだけの肉を手に入れることも、あるいは武器に使えそうな材料を手に入れることもままならない。

そう、彼らは罪飼いの一族。決してカインを逃がそうとはしない。

（……）

しかし彼はまだ諦めてはいなかった。

王の地位を奪われてから既に十年。格上を見下すことを性根とする者達から見れば、屈辱的で惨め以外の何物でもない生活。だがそれでも、彼は千載一遇《せんざいいちぐう》の機会が訪れるのを待っていた。没落した王族を見物して笑いに来る者がいたのも最初の一年だけ。しかし既に人々から忘れ去られてもまだ、カインは機会を窺っていた。

復讐をするには冷えすぎた感情の何かが、今日も耳元で囁《ささや》いては去っていく。

全ての人間を殺せ、『平穏』にはそれが必要だ、と。

……確かにそれは事実だ。仮にここを抜け出し、再び王の座に返り咲いたとしても、この国を以前のように運営することなど出来ないだろう。

……信頼できる臣下は全員死んだのだから。

彼らの力を借りて、それでもヒロト達の反乱を許した以上、カイン単独で上手くやれるわけがない。となれば味方陣営が——現在はカイン一人と同義だが——平穏に生活していくためには、脅威となる者達の完全排除は必要だ。つまりはカイン以外全ての人間の死が。それをもって初めて、カイン陣営は安全だと言える。

世界には賢者も善人もいない。そして人は完璧にも理想的にもなれない。

だが、そんなことよりもむしろ重要なのは、そこに美学があるかどうかということだ。そして美学とは即ち、何かしらの信念を貫くということである。そこに善悪はそれほど関係しない。

いよいよ二十代の後半に差し掛かった元国王カイン。彼はその胸に一本だけ錆びて残ったままの『何か』だけで生きていた。今日もまた一日の仕事を終え、いつものように粗末な家に戻る。

不揃いな野菜を生のままで齧《かじ》りながら、日課として思い出すのは、やはり『あの時』のことだ。

国の名を、そして自分の名を叫んで首を落とされていく臣下達。時間は心の傷を癒すと言うが、しかし癒えてもらっては困る傷もある。彼らの仇《かたき》は必ず取らなければならない。

……たとえ個人的にはヒロトなど、既にどうでも良くなっていたとしても。

（あれから、もう十年か）

カレンダーの代わりとして壁に刻んだ傷。それはカインがここでの生活を始めてから、もうじき十年が経過することを示していた。代わり映えのしない生活というのは、後になってから振り返っても長くは感じないものである。

元々が王には相応しくない性格だと言われていただけあって、今の生活に慣れるのに時間は掛からなかった。人々から後ろ指を差されているのは想像に難くないが、しかしカイン本人としてはそれほど堪えていない。むしろ国王らしい振る舞いを心がけていた頃の方が、よほど肩が凝ったぐらいだ。

王宮の庭で泥遊びに夢中だった子供の時代のカイン。それをどうにかして王族らしくしようと奮戦していたマグロイの愛の鞭《むち》が、今となってはひどく懐かしい。あの当時、彼はまだ近衛隊長ではなく騎士団長の役職にあったはずだ。

（……駄目だな）

カインはノスタルジーに浸りかけた自分に気がつくと、感情を引き戻した。

過去はどうすることも出来ない。考えるべきはこれからのことだ、と。

さて、それではいったいどうすれば『目的』を達成できるのか。厳しいのは、やはり罪飼いの一族の監視下に置かれていることだろう。そのせいでこの十年間は全く準備が出来なかった。

流石に焦らないと言ったら嘘になる。人の寿命は有限だ。

（とにかく、まずは監視を掻《か》い潜るところからだ。武器をどうにかして確保しないと）

準備が出来なかったと言っても、この十年間に何もしなかったわけではない。ここを抜け出すにはどうしたらいいかと、色々と探りは入れたのである。

結局のところ、『自由の身になるためには監視の兵達を皆殺しにして出ていくしかない』というのが、カインの出した結論だ。

人の何倍もあるような高い塀を、監視に見つからずによじ登るのはまず不可能。監視をしている兵達は互いに顔見知りなので、なりすまして抜け出そうとしてもすぐにバレてしまう。こうなったらもう正面から押し込むのが一番希望はありそうだという判断である。

しかし普段の畑仕事で鍛えているとはいえ、栄養状態の悪い体では正面から何人も相手にするのはまず不可能だ。まともな武器は殺した相手から奪うにしても、最初の一人だけは速やかに処理するための道具を自分で用意しなければならない。

だが、王族として育ったカインには、実戦で使えるような武道の経験が殆ど無い。そんな彼が、自分よりも体格に優れ、そしておそらくは対人戦の訓練も受けているであろう敵を速やかに処理する方法……。

果たして、そんなものがあるのだろうか？

（身の回りにあるのはほとんどが木。せめて刃物の代わりになりそうなものがあれば……）

調理をするための包丁はもちろんのこと、畑仕事をするための道具も全て木製というのは、中々に徹底している。金属も無ければ、ガラスや陶器の類も無い。

（地面から使えそうな石が出てくるのを待つしかないか……）

カインは椅子に座ったまま、土が剥き出しの地面を見た。

最後に笑ったのは、何年前だっただろうか？　もう、あの頃のように泥で遊ぶ気にはなれない。

それは年を取ったからか？　それとも時間が経ち過ぎたからか？

「……」

……違う。全てが変わり過ぎたからだ。

不格好な木の器に張った水に自分の顔が映り込む。カインの表情は既に笑顔という形態を忘れ、どこかの虚空を見つめるだけになっていた。

今日はいつだ？　今はいつになった？

王でなくなった自分は何になった？　全てを失って何者になった？

水面を挟んで見つめ合ったはずの自分自身は何も答えない。代わりに疲れた体が今日もカインを寝床へと誘った。

この家に、ベッドなどという贅沢品は存在しない。彼は木の板の上に敷いたボロボロの布団に入ると、いつものように闇と深淵の底へと落ちていった。体だけではない。その精神も共に。

……この日がいつもと違ったのは、この後からである。

「……ン」

「……イン」

「……カイン」

（……なんだ？）

夢の中で、カインは知らない女の声に呼びかけられていた。

奇妙な感覚だ。意識は起きている時のようにはっきりとしているのに、ここが夢の中だと断言できる。

「ようやく気が付きましたね、勇者カイン」

（誰だお前は？　それに勇者？　勇者はヒロトだろう？）

どこかの自分が覚醒の刻《とき》を告げる。

何食わぬ返事をしながら、カインはこの声の主が誰かを考え始めた。可能性が最も高いのは、やはり……。

「ヒロトは力が足りません。彼では先日出現した新たな魔王に勝つことは出来ないでしょう。カインよ。新たな勇者として魔王を打ち倒し、この世界を救うのです」

最初の問いに相手は答えなかったが、しかしこの言葉でカインは確信した。

（コイツは――）

……女神だ。この世界の女神、ルクシル。

当然のことながら本人の声を聞くのはこれが初めてであるし、まだ本人が名乗ったわけではないが、それでも他に可能性はないと判断した。

この十年間、外の情報を一切入手することが出来なかったが、この言い方からすると、どうやらヒロトは未だ健在らしい。にもかかわらず早々に諦めてこちらにコンタクトを取ってくるということは、それだけ魔王を早く倒したいということなのだろうと。

（ヒロトが勝てないのに、俺なら勝てるのか？）

「ヒロトに与えた勇者の力はBランク。今回は特例として、最高ランクであるSSランクの力を貴方に与えます」

勇者の力がランク分けされているとカインは知らなかったが、どうやら今回の魔王はそれだけ脅威度が大きいらしい。しかしその最高ランクの勇者の力で果たして足りるのかどうか。

……保証はどこにもない。足りるのならこれは好機だが、足りない場合はとんでもない貧乏くじだ。

（……そもそも、そこでなぜ俺なんだ？　戦えそうな奴なら他に幾らでもいるだろう？）

そこまでして魔王を倒して欲しいならば、もっと武に秀でた者を選んだ方が良いはずだ。カインは女神の言葉に、何か胡散臭《うさんくさ》いものを感じ取った。

玉座を失ったとはいえ、一応は王族として育ち、国王までやっていたのだ。まさか他人の発言に裏表が無いなどと考えるわけがない。

「適性の問題です。今回の魔王は過去のどの魔王よりも遥かに強力。その力は既に魔王というよりも魔神の域にすら踏み込み始めています。勇者の力を全て発揮し、それに対抗できる素養を持っているのは、貴方しかいません」

別に王族の血に何か特別な力があると言うわけではない。ただひたすらに研鑽《けんさん》を積み、秀でた者達の血を多く取り込んできたというだけの話だ。

所詮はただの人間。でなければ、国王の地位を追われることも無かった。

そんな者が勇者に最適だというのか？

ヒロトならばその言葉を嬉々として受け入れたのかもしれないが、残念なことにカインの頭の中はそこまでお花畑ではない。

（そんなことをして俺に何の得がある？　もはやこのまま死を待つ身だ、世界がどうなったところで関係はない）

半分ぐらいは本音だ。少なくとも、この世界に明るい何かをもたらしたいとは微塵も思っていないのだから。しかしそれを別にしても、ここはもっと有利な条件を引き出せる場面だとカインは判断した。

「……名誉を失ったままでは悔しいでしょう？　再び人々に歓迎されたいとは思いませんか？」

（どういう意味だ……？）

その言葉の数瞬後、カインは直感した。この女は焦っている、と。

詳細まではわからない。しかし何か不測の事態に直面しているのだろう。

「無事に魔王を倒せれば、貴方は晴れて英雄です。きっと人々も貴方を歓迎して受け入れるでしょう」

……どうやら、この女は根本的に履き違えているようだ。人間は誰もが他人からの称賛を求めて止まないものだと思っているらしい。

それは自分の中に新たな価値を持たない者だけだというのに。

とはいえ、この好機を逃す手はない。カインは内心を悟られない程度に話を合わせることにした。

目的の達成は、自分自身の感情的な満足よりも優先される。

（……いいだろう。だが具体的な方法はどうする？　いちいちお前に判断を仰いでいる時間があるとは思えないぞ？）

冴え渡る精神。カインはここが分岐点と見て踏み込んだ。

「確かにそうですね……。いいでしょう、詳細は貴方におまかせします。とにかく魔王を倒すことを最優先にしてください」

この女は、カインが未だ衆愚じみた地位や名声に執着があると思っている。となれば、惰弱な選択は廃棄の一択だ。付け入る時に付け入る、それが出来ない腑抜《ふぬ》けに望み通りの未来など訪れない。

（ヒロトはどうする？　『勇者が複数いると』色々と面倒が増えると思うが？）

『戦争は双方共に自分達が正しいと思っている、つまり正義のぶつかり合いだ』と本気で言い出す者がいるが、少なくとも宣戦布告の決定権を持つ者達はそこまで愚鈍でも愚図でもない。

正確には『戦争は双方共に自分達の正統性を主張する』だ。軍事が政治の一部である以上、大義名分の有無は互いの力関係を大きく左右する。

カインは考えた。この女は自分を魔王にぶつけたい。勇者ヒロトではなく、勇者カインをだ。しかしながら、ヒロトを切り捨てたいとまでは思っていないらしい。そうでなければ、先程の発言は少々おかしい。なぜならそこは『人々に受け入れられたくはないか』ではなくて『ヒロトを蹴落としたくはないか』と囁《ささや》くべき場面だ。

カインは思った。少なくとも自分ならば……、いや、自分でなくともそうしただろう、と。

この矛盾は弱み。付け入るべきは今。もっと有利な条件を引き出せるはずだ。

「……この世界に勇者は一人で十分です」

（そうか）

カインはあえてその意図を聞き返さなかった。

政治的駆け引きにおいては、解釈が一意に定まらない発言をどう処理するかが明暗を分ける場合が少なくない。この場において頼まれるのは自分、即ち曖昧な言葉は立場の強い者に都合の良い解釈で押し通しやすい。

もしかしたら、この女はヒロトから勇者の力を取り上げるつもりなのかもしれないが、しかしそれでは駄目だ。だからこそ、カインはその意図を聞き返さなかった。

『魔王を殺し、そして勇者ヒロトも殺せと女神に言われた』と言い張るために。

……つまりはそういうことだ。

十年前、カインを玉座から蹴り落とした男、ヒロト。その『勇者様』を殺す大義名分を、今ここで一つ手に入れたということになる。

（そういえば聞くのを忘れていたな。お前は誰だ？）

さあ、答え合わせだ。

これが当たっていても外れていても問題はない。これまでの会話の全ては、こちらの都合の良いように解釈させて貰おう。と、カインの胸中はそんなところか。

「我が名はルクシル。この世界の神です。新たな勇者カイン。改めて女神の名の下に命じます。一刻も早くあの魔王を滅ぼすのです。あれは……、あまりにも危険すぎる」

その言葉を最後に光は消え、そしてカインの意識を闇が包み込んだ。

（これは……？）

直後、何かが無機質に頭の中へと入り込んで来たような感覚がカインを襲う。

『"C"omplex hero core installing……』

『"B"ase minded hero module installing……』

『"A"rtificial hero module installing……』

『"S"lave module installing……』

『"S"oul "S"uicide module installing……』

『"S"anctified "S"atanic "S"acrifice module installing……』

（神の言語なのか？　初めて見る文字だ）

次々と脳裏に現れる、謎の文字の羅列。

王族の嗜《たしな》みとして古代文字も少しは知っているカインだったが、類似性のある言語が全く思いつかない。これに一体どんな意味があるというのか。

『Complete your "S"tatic "S"tate "S"ociety』

そして最後に現れた言葉と共に、カインの意識は再び闇の中へと呑まれていった。次に意識を取り戻したのは翌日の朝、いつも通りの粗末な布団の中だ。

（さて……。夢か現か、試してみるか）

まずは現状の確認をしようと、カインは布団の外に出た。あんなにはっきりとした夢を見たのは初めてだから、何かしら変化が起きている可能性は高い。

しかしカインはまだ確信を持つことが出来なかった。いくら魔法がある世界とはいえ、そして神託という神の言葉があるとはいえ、それでも神という存在自体は非現実的に感じられたからだ。

十年に亘るこの生活の影響で、いよいよカイン自身の気が触れた可能性もある。

いや……、むしろそちらの方が有力かもしれない。

（ああ……、なるほど）

どこに監視の目があるかわからないので、いつも通りの行動をしながら確認していこうとしたカイン。しかし木製の鍬《くわ》を持った直後、彼は違和感に気がついた。

……体がいつもよりも軽い。

筋力も体力も、前日までとは明らかに違っていた。この体なら、自力でここから抜け出すことも可能だろう。果たして勇者ヒロトと戦って勝てるかどうかまではわからないが、しかしそんなことは関係ない。別に彼と真正面から戦う義務など、どこにも無いのだから。

……そうだ。

世界には賢者も善人もいない。

人は完璧にも理想的にもなれない。

……だからだ。

待っていた、この時を。

待っていた、この好機を。

待っていた、世界に『悪意』を撒き散らす時代を！

あれから十年。ついに反旗の時は来た。

手に入れたのだ、カインは、その機会を。

利害が完全に対立する者同士、即ち純粋かつ純然たる敵と敵。味方になる可能性など微塵もない。

互いの死が互いにとって最も大きな利益となる関係には、情けも容赦も無く殺し合う姿こそが相応しい。

……なあ、『お前も』そうは思わないか？

†

澱《よど》んだ黄色い空の下、王都の中を外に向けて走る馬車が一台だけあった。

周囲に馬車は無い。

……当然だ。この十年で大きく衰退した王都の産業水準でそれを維持することは非常に難しく、もはや現存する馬車は数える程度しか残っていない。

さらに白地の塗装に金色の複雑な装飾を施してあるとなれば、なおさら目立つことこの上ない。

「はぁ……」

その馬車の中で、教皇グレゴリーは静かに溜息をついた。今は王宮に神託を伝えた帰りだ。

「どうされました？　台下」

護衛として同乗していた司教ニトロが、冴えない表情をしているグレゴリーに気が付いた。

「いえ……。やはりここの空気は肌に合わないと思いましてね」

教会の最高権威として君臨する彼は普段、総本山である聖地にいる。そのため、こうして王都に来ることは非常に珍しい。

そんな彼の視線は、窓からは見える街の様子を捉えていた。

「同感です。天から堕とされた天使を堕天使と呼ぶなら、初めから天に居場所が無い天使はなんと呼ぶべきなのか」

「それはもはや天使ではない。心に善性を持たぬ、ただの獣でしょう。……いや、それこそ悪魔ですか」

ニトロもグレゴリーに合わせるようにして窓の外を見た。その視線の先では王都民が広場で奴隷を殺し合わせる賭けに興じている。

カインが国王だった時代までは存在しなかった奴隷制。

さらには王都民が上級民、それ以外の平民が下級民と位置付けられたことによって、平民達は自分達が底辺ではないという満足感に酔いしれていた。

自分よりも下を見て、自分の優位性を確かめる日々。彼らにとって、それはまさに理想的な生活と言っていい。

グレゴリー達の乗った馬車が、そんな広場の横を通り過ぎていく。

「おら！　俺は金を払う客だぞ！　客に向かって態度が悪いんだよ！」

道に面した飲み屋では、酔った客が店員を馬乗りになって殴っていた。周囲の者達も喜んで騒ぎ立てている。どうやら、店員を助けようとする者は一人もいないらしい。

しかし彼らはまさか、自分達が神だとでも思っているのだろうか？

金を出す自分は何をしても良い、金を受け取る者は何をされても文句は言えない、と。

様子を見る限り、どうやら本当にそう思っているらしい。

……おかしなものだ。別に殴られて納得できるだけの十分な対価を支払っているわけでもないだろうに。そしてその払う金とて、国から支給された物だろうに。

しかしどうやら店員達にはそれに抗うという選択肢はないらしく、彼らは彼らでひたすら嵐が過ぎ去るのを待っているだけだ。地方から生活のために出稼ぎに来たのか、あるいは王都の市民権を手に入れるために来たのか。別にどちらの理由でも、結果はそう変わらない。

誤解に勝る解釈など、世界のどこにもないのだから。

全てをわかったつもりになって、しかし実際には何もわからないままで貰い物の刃《やいば》を振り回す。どれだけ綺麗事で飾ったとしても、人間など所詮そんなものだ。そしてそれは『善』や『正義』と呼ばれる。

「……ニトロさん」

「はい」

「聖地に戻り次第、戦のために物資の準備を始めてください」

「戦、ですか？」

「このまま行けば……、おそらくは近い内にその時を迎えることになるでしょう」

……そうだ。

誰が王でも変わりはしない。この世界には王道など一本も無い。

あるのはただ……、覇道だけなのだから。

「自分を戒めるのが人なら、自分を甘やかすのもまた人か……」

グレゴリーは遠い目で流れていく王都の退廃を眺めていた。

これが勇者ヒロトという英雄に導かれた、人の到達点だと言うのか。

「進むべき道を進まず、進みたい道を進んだ結果がこれならば……、人に救いなど無いのかもしれませんな」

ニトロもまた、グレゴリーの言葉に同意した。

窃盗、薬物、強盗に強姦、そして殺人。この街ではありとあらゆる悪意と傲慢を見ることが出来る。

カインが玉座を失ってから十年。途切れることなく続く、『善』と『正義』の街。

王都は『本来の姿』を取り戻していた。

……そうだ。

これが、この世界における自然状態だ。

†

カインを勇者にするという神託が下った翌日の昼下がり。

宰相オルガと財務大臣トリエールは、先日と同じ部屋で再び頭を抱えていた。

向かい合った二人の間にあるテーブルには、王宮を直々に訪れた教皇から渡された封書が開かれている。

「神託で新たな勇者が示されたのはいいが……」

オルガは神妙な面持ちで腕を組んだ。その視線はテーブルの上の封書に注がれたままだ。

「ええ、しかしそれが……。まさか、よりにもよって前の国王カインだとは……」

トリエールも釣られるようにして溜息をつく。

教皇が口頭だけでは心許《こころもと》ないので念の為に、と持ってきた封書の中身。そこには間違いなく、前国王カインの名が書かれていた。流石にこれは予想外もいいところである。

大逆転。

これまで勇者ヒロトという勝ち馬に乗ろうと、前国王カインを否定してきた者達にとっては最悪の展開と言っていい。

「新たな勇者カインに聖剣を与え、魔王を打ち倒せ……、ですか。ということはつまり陛下は……」

五体不満足となったヒロトは、寝室に寝かされたままだ。単独では生活の一切がままならず、侍女や正妃アシェリアの介護を受けている。こんな状態では、魔王どころか魔族の一人とすら戦うことは出来まい。

「用済み、ということになるのでしょうな。……我々もこの辺りが引き際かもしれません」

トリエールもそれに同意した。表現の問題はともかくとして、女神が勇者ヒロトを見捨てたのだという方向で二人の見解は一致している。

しかし、この困難をいったいどのようにして乗り越えれば良いものか。彼らは用済みとなった勇者ヒロトの廃棄を一瞬の議論すら無く決定し、次の方策を考え始めた。

別に彼の支持者は勇者という存在を盲信している人間だけではない。

ではこの二人は？

理想を求めるあまり、勇者を殺して新たな神話を誕生させようと考える狂信者か？

それとも信者を食い物にして懐《ふところ》を肥やす教祖か？

……悩む必要は無いだろう。単に甘い汁を吸おうと近寄って来た者達にとって、世間も身の程も知らない異世界人など、ありがたがる理由が無い。彼らが、独善的で完成度の低い思想を崇高な理念という言葉に置き換える行為自体に興味など持つはずもなく、ある程度の知能を持つ神官が例外無くそうであるように、どちらもまた後者なのである。

「幸いにして、我々は直接クーデターに関わったわけではない。禊《みそぎ》の役目は古き勇者と……、あとは騎士団長『殿』辺りにでも果たしてもらうとしましょう」

役割を終えた役者は退場せねばならない。その点では騎士団長もまた同じだ。

十年前は別々の組織であった騎士団と近衛隊。しかし現在は近衛隊が騎士団に統合され、騎士団長が事実上の軍事部門最高位の役職となっていた。

そして今その地位にいるのは、クーデター当時の時点で既に騎士団長だったアーカムだ。

言うなれば、彼はカインを国王の地位から引きずり下ろした主犯格の一人であり、復権が決まったカインの怒りの矛先を受け止めるに相応しい人材なのである。

「カインを国王にしろとまでは書いてありませんが、平民のヒロトが勇者の栄光で玉座を手に入れた以上、元々国王だったカインが勇者になればその地位に戻るのは確実。とくれば罰せられる簒奪者達と、この十年間、恥を耐え忍んだ我々、というシナリオでいかがですかな？」

「いいですね。それで行きましょう」

そうだ、人はわかりやすい勝ち馬に乗りたがる。

宰相オルガの提案に対し、財務大臣トリエールはあっさりと乗った。しかし……、彼らは本当に乗り切れるのだろうか？

仮にも勇者ヒロトを一方的に倒した魔王という脅威は、未だ純然と残っているというのに。

この世界の歴史において、勇者と魔王の戦いは直近のヒロトの敗北を除き勇者の全勝だ。故に王宮に身を置き魔王の姿を直接見たことがない彼らは、新たな勇者カインをぶつけるだけでその問題が解決すると思っていた。

ヒロトはあくまでも前回の魔王を倒すための勇者であり、今回の魔王に対しては勇者カインが準備されたのだ、と。

遠くの物は小さく見え、近くの物は大きく見える。人は目先の事情しか見ようとはしない。

「カインがいるのは東の辺境でしたか。そうすると、迎えに行く者を選定せねばなりませんな。その間に仕込みもせねば」

顎《あご》を撫でながら、今後の具体的な青写真を早速考え始めたトリエール。しかしその直後、彼はあることに気がついた。

「教会と反国王派はどうしましょう？　反国王派は排除できても、教会を出し抜いてというわけには行きませんぞ？」

「……教会とは今回も手を組むしか無いでしょうな。また多額の布施を要求されるでしょうが。全く、あの手この手で金を持っていく。大した聖職者達だ」

「では反国王派は？　『今までヒロトに反抗的だったのはカインを信じていたからだ』と言われてしまえば、大義名分をあちらに持っていかれることになる」

宰相や財務大臣達を中心とする国王派、つまりはヒロト派。

教皇グレゴリーを頂点とする教会系勢力。

そして、この十年間冷遇されてきた反国王派、即ち反ヒロト派。

敵の敵は味方とは言うが、反国王派というわかりやすい名称も相まって、復権したカインに取り入る難易度は彼らがおそらく最も低い。現在は彼らを国の中枢から完全に排除しているので、情報面では国王派が優位に立っているが、しかしカインの心象次第では容易く逆転が可能だ。

そもそも、カインが玉座に戻ってしまえばヒロト派は国王派ですら無くなってしまう。そしても反ヒロト派に国王派の看板を渡すことになれば……。

この十年で彼らに対して行ってきた冷遇を、逆にそれ以上にして返されてしまうことになりかねない。

それだけは避けなければならないと言う点において、オルガとトリエールの意見は完全に一致していた。

「我々も、『監視の目を警戒して表立った動きが出来なかったのだ』と言い張りましょうか。カインは性根がお人好しだと聞きますし、それで最悪でもイーブンには持ち込めるのではないかと」

人が勝利を確信した瞬間、敗北はその背後から襲い掛かる。二人は彼らは肝心なことを見落としていた。人は時間と共に変わるのだということを。

玉座から蹴落とされ、目の前で臣下達を処刑され、そして好機を十年待ち続けた男の性根が、まさか以前と同じはずはない。

†

神託から一週間ほどが経った頃。カインは未だ、罪飼いの一族の監視下にいた。この十年と変わらない生活を、表面上はまだ続けていたのである。

もちろん、手に入れた勇者の力を使えば、ここから出ることは容易だ。堀を乗り越えていってもいいし、見張りの兵達を皆殺しにしてもいい。しかしカインはその選択肢を選ぶこと無く、時が来るのを待っていた。

一応、『こっそりと外に出て多少の活動はしている』が、それも毎回一晩程度の短い時間だけだ。長く外に出ていることはなく、監視に気付かれる前に戻るようにしている。表向きは今まで通りに畑を耕し、今まで通りに食料の調達に時間を費やしているわけだ。

世間から隔離されたこの空間で十年を過ごしたカインは、世界が現在どういう状況であるのかをまだ把握していない。最優先で外部の情報を集めたい衝動に駆られてはいるが、しかし政治的な影響力を考えれば、足元を見せてはならないと判断したのである。

勇者の力という、個人として最高級の武力は手に入れた。しかし、本当に必要なものはそれではない。どれだけ強力な力を手に入れても、たとえ神に匹敵する力を振るえたとしても、それでもやはり個には出来ないこともある。

これまで密かに確保した戦力。それを動かして大きな戦果を上げるためには、やはり自分自身を餌《えさ》にして敵を集めなければならない。

故に、カインは魔王討伐になど向かう素振りを一切見せないまま、待ち続けた。

先に表立って動いた方が不利になる。それは果たして王族として受け継いだ才能なのか、あるいは玉座に座った経験によるものなのか。カインの並外れた嗅覚が、この状況から勝機の匂いを正確に嗅ぎ分けていた。

普段は遠くから彼の監視をしているだけの兵士が近づいて話しかけて来たのは、そんな時である。

「カ、カイン殿」

こうして彼に話しかけられるのは何年ぶりだろうか？

（やけに焦っているな。……来たか？）

普段は汚物か害虫を見るような視線を向けて来るだけだった男の声が、やけに上擦っている。

その目も明らかに普段とは違っていた。そこに宿ったのは焦りか、あるいは恐れか。少なくともカインを自分よりも格上の人間と認識していることだけは疑いようが無い。

でなければ、これまで呼び捨てにしていた相手にいきなり『殿』を付けたりはしないだろう。

「……何か用か？」

カインは本音を感づかれないように注意しながら、この十年と変わり無く見えるように意識して答えた。そうだ、足元をすくわれるような可能性は、僅かでも削り落とさなければならない。

「こ、これまでのお勤め、ご苦労様でした。お迎えが来ています。わ、私と一緒に塀の外までお越しください」

確信。

相手の使い慣れていない敬語を聞いた時、カインは段階が次に進んだことを確信した。平静を装いつつ、監視兵と共に塀の外に向かう。そこには数十人の男達が待っていた。

「お待ちしておりました、新たな勇者カイン様」

「……何の話だ？」

カインは代表と見られる神官に対してとぼけつつ、罪飼いの一族を従えて自分を出迎えた団体を冷静に観察した。

彼らの服装を見る限り、どうやら大きく分けて二つの勢力の人間で構成されているらしい。一方は教会系、もう一方は貴族系だ。おそらく前者は教会系の中でも主流派である教皇派、後者も同様に現在の主流派である国王ヒロト派だろう。だが最新の情報を持っていないカインには、流石にそれ以上詳しくは判断出来なかった。

（それにしても……、『殿』ではなく『様』と来たか）

この世界における勇者というのは、人間社会における地位ではない。そのため、平民となったカインに対しては殿をつけるのが、作法としては正しい。その辺の区別も理解しようとしない無学な大衆ならばともかくとして、正規の神官であれば、まず間違えることはないだろう。まさかこの十年で作法が変わったと言うこともないだろうし、となると、これは政治的な思惑を反映しての発言だと判断するべきだ。

（ふん、早速取り入る腹だな）

そもそも、だ。

カインには、勇者ヒロトに自分で王の地位を手に入れるような考えが出来るとは思えなかった。現在はどうか知らないが、少なくとも十年前の『あれ』は勇者の力以外に何の取り柄も無かったのだから。

となると、背後で誰かが焚《た》き付けていたのは明白。

そう、例えば目の前の彼らのような……。

「新たな魔王が出現し、女神様の神託によってカイン様が新たな勇者に選ばれました。つきましては然るべき処遇の後、我らと共に新たな脅威に立ち向かって頂きたく」

自分の頭で考えようとしない者には全く気が付かれないであろう、様々な思惑が滲み出た神官の言葉。流石に長年に亘って大衆を動かし続けてきた者達だけのことはある。

ヒロトぐらいであれば、日常会話を繰り返しているだけでも洗脳して取り込めるだろう。

「俺が勇者？　何を言っているんだ、話が見えないぞ？　俺自身には特に何の変化もないが」

もちろん嘘だ。

女神と夢で話して以降、カインの体には極めて大きな変化が現れている。それこそ、この場にいる全員を容易く皆殺しに出来るほどに。だがここで手の内を見せてやる義務も義理もない。

「聖剣を持ってきております。これを抜いて頂ければ、それでわかるかと」

貴族側の代表格と思われる男の合図で、後ろにいた者の一人が聖剣をカインに差し出した。これは魔王軍の使者が、両手両足を失った勇者ヒロトと一緒に王宮まで届けた物である。

「聖剣……。『陛下』がよく許したな?」

カインはヒロトの現状を正確に把握していない。それ故に探りのつもりで言ったのだが、しかしこの様子では彼が既に見切りを付けられているか、少なくとも冷遇され始めているであろうことは想像に難くなかった。

「ヒロト殿は先日新たな魔王と戦い、深手を負って寝たきりの体となりました」

ヒロト『殿』。その呼び方の意味は非常に大きい。

なぜなら、理由はどうあれ現在の国王はヒロトのはずだからである。殿というのは平民や同格以下の相手に対してつける敬称であって、間違っても正式な立場が格上の相手に対して使うものではない。ここは本来であれば『陛下』や『ヒロト様』と呼ぶべき場面だ。それを敢えて名前で、しかも先程カインに『様』をつけたのに対して、ヒロトには『殿』をつけたわけだ。本来であれば全てカインとヒロトが逆になるというのに。

それが意味するのはつまり……。

「ほう、『陛下』が寝たきりか。それは大事《おおごと》だ」

「……簒奪王ヒロトの時代は終わりました。女神様がカイン様を勇者に選ばれたのを契機に、人々は真実を知ったのです」

「真実？　なんだそれは？」

白々しい。

カインには相手が何を言おうとしているのか、すぐにわかった。

それにしても簒奪王とは……。自分達も共犯者だろうに、それを有耶無耶《うやむや》にしたい意図が見え見えだ。だが今はそれに触れるべき時ではない。

「十年前、ヒロト達が我らを騙し、不当に王の地位を得たという事実を、我々もようやく理解したのですよ」

「左様。きっと、これを機に物事をあるべき姿に戻せという、女神様の思し召しに違いありません」

貴族の男が神官の方に視線を向けると、彼らもまたそれを肯定して頷いた。

顔色一つ変えない即答。

澱みない三文芝居。

なるほど、演劇が高位の者達の嗜《たしな》みとして選ばれている理由がよくわかる。つまりはこのやり取りも予想して打ち合わせていたわけだ。ヒロトのことだって、ついに呼び捨てにしているではないか。

（そもそも、迎えにこの人数をよこす時点でおかしいか）

カインは一団を改めて見渡した。……見知った顔は一人もいない。

（当たり前だな……）

理性ではわかっていても、感情が落胆を隠せない。

自分の知っている臣下達はもう全員死んだ。もしも彼らが生きていたのだとしたら、この行動が不興を買うだけだとすぐに気がついただろう、と。

カインは聖剣を受け取ると、躊躇い無くそれを抜いた。本音を言えば、この場にいる者達をこの剣で皆殺しにしたい。

が、しかしそれでは駄目だ。

雑草を抜くにも丁度いい力加減というものがある。勢いをつけて力任せに抜こうとすれば、葉や茎の所で千切れてしまい、根を引き抜くことが出来ない。ゆっくりと、そして注意深く力を込めなければならないのだ。

（この世界に深く根を張った雑草を……、根こそぎ引き抜くためにはな）

怒りの赤。

失望の青。

それらが混じれば狂気の紫となる。

カインがゆっくりと引き抜いた聖剣。その刃は悪意の黒いオーラを纏い、そして僅かに紫の輝きを放っていた。

†

かつて王の地位を失うまで、人生の大半を過ごした王都。十年前に去ったこの街に、カインは新たな勇者として戻ってきた。揺れる馬車から見える懐かしい景色。

……それが妙に癪にさわる。

「ん？　あれは……？」

街に近づくにつれ、カインは王都の住民達が国旗を持って蠢いていることに気がついた。瞬時にその意図を察した体が嫌悪感で固まりそうになるのを、辛うじて誤魔化す。

「勇者様ー！」

「お帰りなさいカイン様ー！」

「国王陛下ばんさーい！」

かつてカイン達の処刑に歓喜していた民衆。

酒を飲み、臣下の首が落ちるのを娯楽として楽しんでいた者達。

そんな彼らが、両手を振って王の帰還を歓迎していた。

「御覧ください。人々もまた十年前の真実を知って、真なる王の帰還を歓迎しております」

掌《てのひら》返しというのは、殆どの場合に裏切りとなる。虫唾《むしず》が走るという表現を最初に考え出したのがどこの誰かは知らないが、しかしカインはその感覚を理解出来た気がした。同乗していた貴族の白々しい説明と演技。カインは今すぐ聖剣を抜いて、この衆愚を薙《な》ぎ払いたい気分に駆られた。

こいつらは、まさかこれで相手が喜ぶと本気で思っているのか？

……いや、きっと思っているのだろう。

世の中には救いがたく、そして自覚のない低俗というものが確かに存在する。この光景を見て本気で喜ぶような人間は実在するし、むしろその類の方がよほど多い。

作り話への反応を見てみればよくわかることだ。

洗脳で寝取られた姫君。正気を取り戻した彼女を、彼らは裏切った身で被害者面はおかしい、加害者なのだから拷問し惨たらしく殺せと叫ぶのだ。

今のお前達とて、全く同じ立場だろうに。

勇者ヒロト達に騙されていた？　嘘をつくな。お前達自身が望んで選んだ未来だろう。

しかしそんなカインの心中になど考えも及ばないのか、多くの者は呑気に酒を飲んで顔を赤くしていた。

「やっぱりヒロトなんて信用するべきじゃなかったんだよ。思った通りだ」

「俺は騙されなかったぜ？」

賢者は自分が愚者ではないかと疑い、愚者は自分が賢者だと信じて疑わない。彼らにとって都合の悪い事実は、その全てが実在を否定され虚構の世界に放り込まれるだけだ。自分は完璧にも完全にも程遠いというのに、他人にはそれが出来て当然と言い放つ。山の麓《ふもと》から山頂にいる者達を見下ろす傲慢。他者にはひたすらに厳しく、自身にだけはひたすらに甘い。

「魔王を倒してくださーい！」

「偽物の勇者ヒロトに天罰を！」

喉元を過ぎれば、熱さなどすぐに忘れる。

人々は思っていた。

悪の元凶はヒロト達だ、『善良な』自分達はその被害を受けたのだ、と。

そして、その哀れな自分達を救済するために、国王カインが舞い戻ったのだ、と。

……彼らは、十年前にカインを追放した時からまるで成長していなかった。

当たり前だ。

それが無いからこそ、そしてその意欲が無いからこそ、大衆は愚かだと言えるのだから。彼らを舞台の主役にしてやろうと思っている者など、この世界のどこにも存在しない。いや、それどころか世界の外にすらも。

カインは『善行に邁進《まいしん》する』民衆を見ながら、自分自身に言い聞かせた。

魔女は豚を太らせてから食らうのだ、と。これは我慢も忍耐も出来無いような連中が、気晴らしのために見るような安い演劇ではないのだ。家の中でゴキブリが見つかったとして、嫌悪と憎悪に駆られてそれを駆除するだけでは不十分。なぜなら、見えない所にはその何倍何十倍ものゴキブリが存在しているのだから。

視界に入った数匹を殺しただけで満足しているようでは、未来永劫、問題は解決しない。それではまたしばらく後で新しいゴキブリを発見することになる。

……つまり同じことが繰り返されるだけだ。

本当に害虫との縁を切りたいのであれば、目の届かないところにある奴らの巣ごと、完全消滅させなければならないのである。

故に、カインは聖剣に手を伸ばしたい衝動を押し殺した。今この場で自分の気分が晴れるかどうかなど、そんなことは二の次、三の次。必要なのは抜本的な対策なのだから。

そんなことを考えている内に、馬車が王宮へと到着した。

これで胸糞悪い気分が少しマシになる。そう思ったカインは、直後に自分の認識がまだ甘かったことを自覚した。

「お待ちしておりました陛……、カイン様」

「……」

平静を装いながら王宮に入った彼を出迎えたのは、かつての妻、アシェリアだった。咄嗟《とっさ》に剣を抜こうとした自分を戒めるカイン。

同格以上の来客に対して国王が対応出来ない場合、政治案件は宰相、儀礼案件は正妃が対応することになる。正式な国王の場合とは異なり、代理は王宮の入口まで出迎えを行うことになっているため、ヒロトの妻となった彼女がここで出てくるのは別に不自然ではない。

十年前に強かった幼さは薄れ、少なくとも見た目だけは大人の女になったアシェリア。

……いや、大人となるのに必要な要件は年齢だけか。

それ以外は関係ない。ここは彼女もまた大人になったと言うべきだろう。

あるいは、悪意を込めて『老けた』もしくは『旬を過ぎた』と表現してやってもいいかもしれない。本当に誠実な女は年を取っても良い女のままだが、そうでなければその醜さが強調されるだけだ。

「私は王でも教皇でもありませんが？」

「そ、それは……」

世界に人間の国が一つしかない現状において、この形式で王妃の出迎えを受けることになるのは教皇だけだ。それ以外に可能性があるとすれば、この王宮の主である国王しかいない。

当然のことながらカインは教皇ではないので、つまり今は国王として彼女に迎えられたことになる。

自分の家で、自分自身が客人として歓迎される。

なんとも奇妙な構図だが、今回は正にそういう扱いになると彼女達は考えたのだろう。もちろん友好的な関係を強調するのであればアシェリアを前面に出すのは非常にマズいのだが、しかしここで別の人間を当てれば、そこを起点に難癖をつけられてしまう可能性を懸念したようだ。

……彼女がカインを陛下と呼ばなかったのは、せめてもの抵抗のつもりだろうか？

「カ、カイン様、ここで立ち話も何です。中へ」

衛兵の一人が気を利かせて二人を中へと促した。本来はマナー違反なのだが、ここで彼を咎める者はいないだろう。少なくとも状況が悪化するまでは、という条件付きだが。

現時点での正式な国王はあくまでもヒロトのまま。そのことには触れないように注意しながら、アシェリアはカインを謁見の間まで案内した。

もちろんそれも慣例的にそうすることになっているというだけの話だ。何せ王宮内に限って言えば、彼女よりもカインの方がよく知っているのだから。

カインは幼少の頃から二十年近く亘ってこの王宮内で暮らしてきた。それは十数年ここで生活してきたアシェリアよりももちろん長く、不在の間に手が加えられた箇所を除けば、彼が知らない場所など無い。

「……」

「……」

衛兵二人を引き連れ、無言で歩いていくかつての夫婦。

カインは前を歩くアシェリアの体が震えていることに気がついた。それが恐れであることは想像に難くない。まさか背後から斬り殺されるとでも思っているのだろうか？

……いや、きっと本当にそう思っているのだろう。

遠くの物事は小さく見え、近くの物事は大きく見える。将来よりも目先の感情を満足させることを優先する人間なのだ、彼女達は。いや、この世界に生きる『普通の』人間達は。

「どうぞ」

（……ん？）

謁見の間まで案内され、中まで少し歩いてから立ち止まったカイン。

両脇には騎士団の兵士達と、宰相オルガや財務大臣トリエールを始めとする高位の文官が並んでいた。恐れる者、値踏みする者、様々な思惑の潜んだ視線がカインに注がれる。

だがカインが立ち止まったのはそれが理由ではなく、アシェリアが彼に対して具体的な立ち位置を示さなかったからだ。

つまりは空席となっている玉座に座るのか、あるいはその前に跪《ひざまず》くのかを。

（こちらの出方を窺っているのか？）

緊張した空気。彼女達はやはり恐れているのだろう。

ここでカインに対して玉座を勧めれば、王に戻った彼によって粛清の嵐が吹き荒れるかもしれないし、逆に玉座の前に跪かせれば、簒奪の協力者として名指しされる可能性が高まる。

この国の歴史上でも、おそらくはこれと同じ様な事態が起こったことはない故に、読み切れていないのかもしれない。

同時にそれは、彼女達が一枚岩でないことの証明でもある。

カインを迎えに来た一団の者達であれば……、特にあの神官達であれば、きっと躊躇うこと無く玉座を勧めたはずだ。

とにかく、その選択はカインの手に委ねられた。

……愚かな者達だ。よりにもよって敵に選択権を与えるなど。

(決まっているさ。一番都合がいい方を選ぶだけだ)

カインは玉座の前まで行くと、その前で跪いた。

それを見て、少し安堵したような表情を浮かべたアシェリア達。彼女達が、カインの行動の意図を理解できていないのは明白だ。そしてどうやら自分達は許されそうだと思い込んで、アシェリアは玉座に二つ並んだ椅子の片方、王妃が座るべき場所に座った。

カインの前を歩いていた先程までの緊張感はもうどこにも見当たらない。

結局のところ、この王都にいる者達は皆、物事を考える際に自分達の溜飲が下がるかどうかを基準にして考えている。そしてそれが今回も通用すると思っているのである。

他人を貶めて自らの優位を確かめる者と、自分自身を高みへと持ち上げようとする者。その両者の根幹は全く異なるということを、彼らは理解しようとすらしない。

そしてカインが玉座の前に跪き、アシェリアが胸を撫で下ろして椅子に座った数秒後。玉座に座らなかった彼の思惑に最初に気がついたのは、宰相オルガだった。全くと言っていいほどに玉座への執着を見せないカインを、彼は訝しんだわけだ。

(待てよ……？　この男、まさか……！)

自分から跪いたカインの行動は、一見すれば彼が権力への執着や復讐心が無いことを強調したようにも見える。確かに周囲の注目が集まっている中で、それをするには都合の良い場面だ。

しかし、彼がこの後で魔王と戦うのだということを念頭に置いて考えると、別の見方をすることも可能である。

魔王を倒せるのはカインただ一人。もしもその事実を武器に、こちらに対して要求を突きつけてくるつもりだとしたら？

仮にカイン自身が王として命令を下した場合、それによって発生する不満は、全て決定権を持つ彼本人に対して向かうことだろう。だが彼があくまでも『勇者となった平民として』王宮に嘆願する形だった場合はどうだろうか？

その場合は、実行するかどうかの決定も含めて、王宮に判断が委ねられることになる。カインからは事実上の実行命令と言ってもいいだけの圧力が掛かった状態で、である。

人は世の中の全てを見通すことなど出来ないし、そもそも深淵《しんえん》を覗こうとする者もそう多くはな

い。王宮が決定したと聞いたところで、大衆はその背後にカインからの圧力があることになど気付きはしないだろう。

スケープゴート。

それはつまり、不満の矛先の大部分が王宮に向かうということだ。

もちろんカイン自身に対しても不満が向く可能性も残ってはいるが、それでも彼自身が王になって直接実行するよりも、間違いなく小さな規模になるだろう。

(それだけではない……。最悪の場合、反国王派との力関係が即座にひっくり返る!)

……最悪と言ってもいいようなシナリオだ。

カインに取り入るために、宰相オルガ達は既に勇者ヒロトを悪役に仕立ててしまっている。もしもこのままカインが王に戻らない場合、それを反国王派、つまり反ヒロト派に利用されるかもしれない。即ち、『ヒロト派』が正当な国王であるカインの復権を妨害している、と。

市井は既にカイン優位。反ヒロト派も『カインを信じてヒロト達に反目していた』と言い張れば大義名分は十分。そうなれば一気に押し込まれる。

向こうはまだ大きな動きを見せてはいないようだが、しかし彼らとてそこまで愚鈍ではない。

このことに気がつくまでに、それほど時間は掛からないはずだ。

(マズい……。一刻も早くカインを玉座に座らせねば……!)

良い想像と悪い想像を同時に働かせるのは至難である。頭の中が一度悪い方向に傾けば、全く関係のない別の案件に関しても発想が悪い方に引きずられていく。

オルガには玉座に座らなかったカインの行動が、自分達に極めて致命的な痛手を与えるように思えてならなかった。

しかし、ここから状況を動かすのは容易ではない。なにせアシェリアは既に椅子に座ってしまったのだから。彼女が座ってしまった以上、その隣に座るべきは現在の夫であるヒロトとなる。

少なくともこの世界の儀礼上ではそうだ。せめて彼女が独身であったなら、あるいはまだ道はあったのかもしれない。

「――――！」

そこまで考えた時、宰相は気がついた。

跪いたままのカインの瞳が、赤く輝いているのを。

（赤い瞳の一族……）

思い出した。

子供の頃に一度だけ聞かされたことがある。

赤い瞳の王族が、陰で密かに何と呼ばれていたかを。

謀略の一族。

理詰めにせよ、見切りにせよ、この世界で最も駆け引きに長けた一族。

最も勝負強く、だからこそ戦乱の時代に唯一の王族にまで上り詰めた一族。

（その、最後の一人……）

未成熟ながら、カインはその末裔《まつえい》だということだ。勇者の力など無かったとしても、ただの人間でしか無かったとしても、それでも尚残る脅威。

宰相オルガの背筋が凍りつく。

彼はこの段階になって、不完全ながらもようやく理解した。このまま行けば、間違いなく自分達は磨《す》り潰されると。見せしめとして、あるいは生贄として。

（だがどうする？　予定ではカインが玉座に座らなければヒロトの子を即位させることになっているが、このままではすぐに引きずり降ろされるぞ……！）

その時は、ヒロト派に属していた自分達も間違いなく一緒だ。

もちろん、結果はまだその時になってみなければわからない。しかし彼には、カインから想像される未来が、決して友好的では無いように思えた。

（一度休憩を挟むか？　いや、まだ始まったばかりで不自然過ぎる）

彼らは、『彼らの基準で』カインという人物を推し量っていた。

故に、自分から玉座に座らないということは王の地位に未練は無いはずで、『ヒロトと違って権力に執着しない勇者だ』と持ち上げるつもりだったのだ。

しかしどうやら、その目論見は成就しそうにない。

「恐れながら、カイン様」

「……貴方は？」

その時、カインを挟んでオルガの正面に立っていたトリエールが口を開いた。

（……考えることは同じか）

彼もまた自分と似たような結論に至ったのだと直感したオルガ。

考えてみれば当然だ。

二人は今、明暗を共にする状況下に置かれているのだから。

「失礼。私は財務大臣をしておりますトリエールと申します。恐れながら、カイン様は勇者として魔王討伐の任がある故、今は玉座にお座りになられないものと愚考いたしますが、それは魔王を倒した暁《あかつき》には、再び王にお戻りになって頂けるということでよろしいでしょうか？」

彼の言葉には、『自分達はあくまでもカインに王に戻って欲しいのだ』という露骨なニュアンスが含まれている。

そして自分が財務大臣の職にあるのは必ずしも自分自身の意思ではない、という意味合いも。

もちろん意図的なものだ。しかしその言葉遣いからは、やはりカインをどういう立場として扱えばよいのか判断しかねている様子が伺えた。

「トリエール！　あなた、いったい何を言い出すのです！」

カインが王位を求めなければ、自分とヒロトの子が即位することになると聞いていたアシェリアは、慌てて口を挟んだ。

どうやら王妃である彼女は、宰相や財務大臣のようには考えなかったらしい。玉座の前に跪いたカインを見て、自分達の思惑通りに事が運んでいると思っていたのだろう。だが安全圏に身を置いたままで上から物を言うだけだった人間に、自力で修羅場《しゅらば》を乗り切る力など備わりはしない。

（ああ、いいぞ……）

そんな様子を前にしても跪いたままで表情を変えないカイン。ベストとまではいかないが、しかし概ね狙い通りだ。

トリエールはカインが自分のことを知らないと思ったようだが、実際には違う。知らなかったのは彼が財務大臣の職にあることだけだ。仮にも国王だったカインが、いつか要職に就くかもしれない貴族を知らないわけがないではないか。そこまで頭が回らない辺り、トリエールも相当に焦っているのだとカインは判断した。

「お待ち下さい、アシェリア様。実務を預かる我々としては、これは非常に重要なことなのです」

「オルガまで……」

言葉を無くすアシェリア。彼女もまた予想外の事態に慌てているのか、目の前のカインに対する警戒が完全に緩んでいる。この世界に国が一つしかない時代が長く続いた影響か、あるいは彼女自身の実務能力が低いからなのか。本来は王妃である彼女の方が上の立場であるのに、この場においては宰相オルガや財務大臣トリエールの意見の方が優先されていた。

「お言葉ながら……」

無論、それを見逃すカインではない。これを絶好の好機と見て、彼は再び口を開いた。

もちろん跪いたままで顔は上げない。

「先程『王妃様』にも申し上げた通り、私は国王ではありません。女神様から勇者の力と魔王討伐の任を与えられたとはいえ、所詮は平民の身。玉座に座るなど、とても」

その言葉を聞いて再び安堵するアシェリア。

この謁見の間にいた騎士団の者達もまた、内心でその胸を撫で下ろした。玉座に座らないということは、彼らに一方的な罰を与える権限を放棄するということでもあるからだ。

そしてカインもまた、内心で安堵した。

言うなれば、題名やあらすじだけで本の良し悪しを判断する連中を騙すようなものだ。中身を確認しないというのだから、こっそりと仕込みをするのは極めて容易い。

表紙さえ偽ってしまえば、ほらこの通り。

彼らはカインという存在が、この時点をもって自分達を脅かす脅威ではなくなったと思っていた。おかしなものである。自分達がカインを王の地位から引きずり降ろしたのは、『ヒロトが魔王を倒した後』だったというのに。

どうして『カインが魔王を倒す前』に行動を起こすと思うのか。

そんなお花畑達に対して、宰相オルガと財務大臣トリエール、そして彼らに近い立場にある文官達は凍りついた。

(この男……!)

まさか我々を完全に磨り潰すつもりなのか、と。

しかし段階はあくまでも確信には至らない懸念。カインが復権とヒロト派の一掃を狙っている可能性もあるし、しかし本当に玉座に未練がない可能性もまだ残っている。果たして本心はどちらなのか。オルガ達は確信にまで至ることが出来ないでいた。もしも前者であったとすれば、大きく動かなければマズい。しかし後者であったならば、逆に迂闊に動いた方が立場を悪化させてしまう。

人は僅かな希望を過大に評価する。自分達に都合の良い未来しか見ようとしない彼らに、ここで意志を統一することなど不可能だった。

赤い瞳の悪魔は嗤いを堪えている。

どちらを選んでも同じだ、ここまで来ればもう逃しはしない、と。

「それよりも……」

打ち込む楔《くさび》。カインは敵の意志が統一される前に口を開いた。

「問題は魔王です。実はここに来る道中、夢の中で女神様と直接話をしました」

それを聞いた謁見の間はどよめいた。

だがもちろん嘘だ。カインが女神と話したのは、彼らが迎えに来る前、つまり最初に勇者の力を与えられた時だけである。

「私に与えられた力は陛下よりも強力、しかしそれでも尚、今回の魔王を倒せるかはわからない、と」

実際に聖剣を抜いてみて、いくつかわかったことがある。その一つは、どうやらカインに与えられた力は、ヒロトに与えられた力の延長線上にあるということだ。

部品形式、とでも言えばいいだろうか？

最低ランクの勇者の力に対し、ランクが上がる毎に力が追加されていくという構造になっているらしい。聖剣はヒロトが使っていた物をそのままカインも使えることから、きっと最初の設計の時点からそうなっていたのだろう。

女神ルクシルの言葉を信じるならば、カインの力がＳＳＳランク、ヒロトの力がＢランクだったはずだ。聖剣を起動すると、ご丁寧にも頭の中に各能力の説明が浮かび上がるようになっている。

確認できる各能力には、対応するランクが例の神の文字で振ってあるので、これでヒロトの力を推測することも可能だ。

「今回の魔王は歴代魔王の中でも飛び抜けて強力。となれば、こちらも過去に類を見ない戦力を用意する必要があります」

「……具体的には？」

最初に言葉を返したのは騎士団の副団長だ。

団長のアーカムがこの場にいないため、軍事部門のトップは彼ということになるのだが、しかし相手が待ち望んでいた言葉をあっさり口走るなど、指揮官としての適性を疑う行動である。

自分が王ならば、人材不足以外の理由で彼に権限を与えることは絶対に無いだろうと思いながら、カインはそれに答えた。

「魔王討伐のため、王都及び近隣で戦える者全てを招集して頂きたい。他に志願する者がいれば、当然その者も」

再び謁見の間がどよめいた。

武功を立てる好機と見た武官達。

逆に手柄や権限を取られると焦り始めた文官達。

その反応は対照的だ。

ヒロトは女神から勇者の力を与えられはしたが、しかしそれが理由で王への道が開けたわけではない。決定打となったのは、あくまでも魔王討伐の成功だ。それによって彼は英雄としての地位を確固たるものとし、そして王となった。

ということはつまり、勇者でなかったとしても魔王を倒せば可能性はあるということではないか？

果たしてこれを、ヒロトに続く二匹目のドジョウと呼んで良いものか。しかし、カインの言葉を聞いた者達の認識は間違いなくそれだった。人は横で他人が失敗しているのを見て、自分だけは成功するに違いないと考える。故に、彼らは思い思いに自分の栄光を空想していた。

周囲が魔王討伐の成功を前提に考えていることを確認し、悪魔の赤い瞳が密かに輝く。カインはまだアシェリアの前に跪いたままだ。

支配者への登竜門。カインは今、間違いなくそこにいた。

（ああ、大丈夫。心配はしなくていい）

そうだ、これは別に誰かのためにやっていることではない。

先に冥土に行った連中に土産話の一つぐらいは用意していきたいと思ってはいるが、しかしそれに関して誰かと約束を交わしたわけでもない。あくまでもカイン個人の気分の問題だ。

こいつらは根本的な部分を履き違えている。

万人に共通する倫理など無い。道徳も然り。

『なぜ、俺がお前達の事情を考慮してやる必要がある？』

……そうだ。

他人の利益や心情を考慮しなければいけないような状態の方が、むしろ不自然だ。

だから。

だからだ。

だから――。

お前達全員にしっかりと『名誉』を用意してやろう。

『確か戦死は最高の誉れ、なんだよな？』

そんなカインの胸中になど気が付く素振りも見せない周囲の者達。結局、謁見は五体不満足となったヒロト不在のまま終わった。

彼がいたならば、あるいはもう少し警戒されたのかもしれないが、しかしそれは仮定の話にしかならない。そしてカインは魔王討伐隊――予定する規模から言えば魔王討伐『軍』と言った方が近い――の準備が出来るまでの間、野次馬対策ということで王宮の客室に泊まることになった。もちろんそれは表向きの話で、大衆と接触しやすい場所にカインを置きたくなかったというのが本音である。

大衆の軽薄さは、それを扱う王宮の者達だってよくわかっている。彼らは常にわかりやすい勝ち馬に乗ろうとするのだ。もしも今のカインが一声掛ければ、連中は容易く王宮に対して牙を剥くだろう。彼らを扇動されれば、十年前と同じことが逆の立場で起こってしまうであろうことは想像に難くない。

カインが玉座を失ってから十年。

元々が薄情の極北とも言えた者達は、ヒロトの提唱した『民主主義』政策によって完全に思い上がっていた。

王は民のことを考えて当然。

人の上に立つ者は下の者達のために働くのが常識。

国とは人のことであり、世界の主役は苦労も世間も知らない王族や貴族ではなく、汗水流して働く民衆。

そして王や貴族達は何か不手際があれば自分達に対して泣いて詫びるべき……、なのだそうだ。

結局のところ、『民主主義』なる言葉はその思想の本質を捉えてはいなかったということなのかもしれない。別に不思議はない。少なくともその言葉をこの世界に持ち込んだヒロト自身は、その中身を理解していないのだから。

理想と現実の狭間で、苦悩と葛藤そして覚悟と共に歩んできた歴史の一切は元々の世界に置き去りにされ、この世界におけるその言葉は、ただ自分達の利益のための方便でしかなかった。

（ここまで見事に腐っていると逆に清々しいな）

夕食を摂った後、カインは案内された客室でシャワーを浴びてからベッドに入った。この世界のシャワーはマジックアイテムに蓄えられた魔力を利用しているので、軟禁されている間、カインはもちろんそれを使うことが出来なかった。つまり実に十年振りのシャワーということになる。

罪飼いの一族の監視下にあった時とはまるで違う、埋もれるようなベッドの感触もまた、この十年は味わう機会が無かったものだ。

久し振りに見る華やかな天井を見ながら、カインはこれからのことを考えた。

（勇者と魔王。これで、この世界の絶対者は人間と魔族の陣営にそれぞれ一人ずついるように見えるはずだ。だが実際の切り札は一枚だけ……。さて、どこまで誤魔化しきれるか）

ただ目先の気分が満たされればそれで済むというのなら、さっさと玉座を取り戻してしまえばそれで終わりだ。後はヒロトやアシェリアを始め、十年前に関わった連中を苛《いじ》め倒し、気に入らない者を処刑してやればいいだろう。

粛清、粛清、粛清の嵐を吹かせてやればいい。

だが、それで十年前に死んだ者達が生き返るわけではなく、従って『カイン陣営』の損失は一切補填されない。

名誉の担い手がいない以上、『彼らの汚名を晴らす』などという発想もナンセンス。そんなものは一週間もすれば忘れ去られるのだから論外だ。他人の名誉など大した価値はないし、それを保存する者など、どこにもいない。

世界は既に、万人の万人に対する戦争状態へと移行した。そこにはもはや、罪も罰も存在しない。それを規定出来るものがいったいどこにいるというのか。

（まずはアーカムをどうするかだな）

十年前、騎士団長の立場にありながらクーデターに参加した男、アーカム。

その後は統合された新生騎士団の団長に納まっていたらしいが、カインが勇者になったことを受けて牢に入れられたそうだ。他にも、直接クーデターに参加した者達は殆どが捕らわれて処分を待つ身となっている。

（ふん、尻尾を切って逃げようというのが見え見えだ）

しかしヒロトやアシェリアが牢に入っていないことを踏まえると、この青写真を描いた者が誰かはかなり絞られてくる。

（王宮側はあの宰相か財務大臣辺り。教会側は……、やはり教皇だろうな）

十年前にせよ今回にせよ、教会は常に利する側に立っている。

夢と理想を語る悪魔。

猿をおだてて踊らせるという意味で言えば、彼らほどそれに長けた者達もいないだろう。大衆は物事の本質を理解しようなどとは考えない。彼らがただひたすらに刹那的な発想しかできないことを、教会の連中はよくわかっている。この十年間ずっと機会を窺っていたカインは、教会系の勢力こそがもっとも厄介だという結論に達していた。

なにせ神聖なる女神に仕えているのである。大義名分という観点からすれば、これほどやりにくい相手もない。

『何が正しいか』という問いに対して、倫理や道徳を結びつけるのは全くのナンセンス。それは善悪の程度ではなく、損得の程度を問う質問だ。つまり『正しい』というのは『自分にとって得である』という意味になる。

故に正義を後生大事に抱える連中は脅威となり得ないが、しかし自分の利益のためにそれを利用するだけの連中は全く逆だ。この世における善性の頂点を標榜《ひょうぼう》し、利益を貪る。

教会は、それをしっかりと理解し実践していると見ていい。

(だが……、とにかくまずはアーカム達からだ。今後の動きやすさを考えると、特に俺が王だった時代に交流のあった連中は……、出来るだけ早い段階で減らしておいた方がいい)

一瞬だけ、カインの脳裏に彼らだけでも処刑を願い出るという選択肢が浮かんだ。今ならば、まず確実にその意見は通るだろう。奴らも、きっと喜んで生贄を差し出すはずだ。

(……いや、駄目だ。不自然すぎて感づかれる。重要なのは、あくまでも『こちらの目的』を悟らせないことだ)

教皇グレゴリー。

やはり最も警戒しなければならない相手は奴だろう。仮にも教会内部での勢力争いを制し、その頂点に君臨する男だ。迂闊な行動を取れば、こちらの『本当の狙い』を見抜かれる可能性が高い。

(一番良い選択とは言い難いが……、しばらくは慎重にいくか)

十年前の公開処刑で使われた五つのギロチン台。そもそもそんなものを用意できるのは誰かと考えれば、警戒が必要な相手は自然と絞られてくる。

(十年前のあの時、ヒロトを裏から動かしていたのは教皇でまず間違いない。それ以外にあんなギロチン台を五台も用意できるような奴はいないはずだ)

しかし状況は十年前とは違う。なにせ、今のカインには勇者の力があるのだ。油断は出来ないが、武力の勝負でなら負けることはおそらくないだろう。

しかしそれでも……。いや、むしろだからこそ、毒殺の不安は残る。

(……待てよ?)

自分が暗殺される可能性を懸念したカインは、ふとあることに気がついた。

（まさか……、父上も誰かに殺されたんじゃないだろうな？）

カインが十代の頃に急逝した先代国王エノク、つまりは父親。

即位して国王という立場の過酷さを理解したカインは、てっきり過労と心労が重なった結果だと思っていた。

実際、それで死んでも何の不思議もない。

だがしかし、実際にはそうでは無かったのだとしたら？

（……いや、考え過ぎか）

先代は午後の政務を終えて立ち上がろうとした時に、心臓発作で死んだ。外傷は無かったし、医者に調べさせても毒殺らしい痕跡は出て来なかった。

（とにかく、今は目の前の獲物だ）

カインは気持ちを切り替えた。今の彼にとって、信用できる味方などどこにもいない。

つまり当てに出来るのは自分のみ。

今この瞬間に夜襲がある可能性も警戒しつつ、新たな勇者は眠りについた。

そして翌日。

「魔王討伐軍に……、ですか？」

宰相オルガの部屋を訪れたカインは彼に対して、騎士団長アーカムを始めとする囚われた者達を解放して魔王討伐隊に加えるように、と『嘆願』した。

もちろんそれは事実上の命令である。だが、その正式な決定権を持つのはあくまでもオルガ達、つまり王宮側だ。あくまでも平民である今のカインではない。

「しかし……、あの者達は直接カイン様を玉座から降ろした者達です。いくらなんでもカイン様の身が危険では？」

オルガは本音が漏れないように注意しながら、しかしカインの意見を不採用に出来ないかと試みた。もしも採用した場合、良い結果になれば勇者のおかげと持ち上げねばならず、悪い結果になれば責任の一端を負わされる。彼らにとっては非常に分の悪い話である。

彼としてははっきり言って受けたくないのだが、自分自身の今後を考えると、まさかここで直接駄目だと答えるわけにもいかない。そんなことをすれば、反カイン派だと名指しされるような大義名分を与えてしまう可能性があるからだ。粛清リストの一番上に自分の名前が載りかねない。

「それも致し方ないでしょう。正直に言って、私も彼らに対して思うところが無いわけではありません。ですが、とにかく今は魔王を滅ぼすことに注力するのが最優先です。女神様の話を信じるならば、今回は今までのように闇雲に勇者をぶつければ勝てるという話ではないそうですから」

カインの『女神様の話を信じるならば』という言葉によって、オルガは退路を瞬時に断たれた。

もしもここで『勇者さえぶつければ勝てるのではないか』などと言えば、それはつまり女神の言葉を信じていないということになるからだ。そんな話が外部に漏れれば、たとえカインの脅威を免れたとしても、政治生命は間違いなく終わる。いや、それどころか命すらもが危うい。

きっと教会によって宗教裁判に掛けられ、家族諸共、磔《はりつけ》にされることだろう。教会系勢力の中にだって、点数稼ぎをしたい者は幾らでもいるのだから。

それに狂信者の類も……。

(やむを得ない……、のか……?)

カインの言葉自体は正論である。武官の出身ではないオルガにはそう思えた。もちろん最善手を探せば他にあるのだろうが、少なくとも的を大きく外してはいないはずだ、と。

宰相の脳内で天秤が揺れる。

このままカインの思惑通りに話が進むことに対し、危機感を感じないと言えば嘘になる。しかしこれが至極真っ当な意見である以上、ここで採用してしまっても、後で非を追及されるリスクは比較的低いのではないか、と。

それに……、だ。

(もしもアーカム達がどさくさに紛れてこいつを殺してくれれば……、それで全てが解決だ)

甘い誘惑が背筋をなぞる。

繰り返すが、宰相オルガは武官の出身ではない。

故に、彼はカインの戦力を正確に推測することが出来ていなかった。そもそもまともに戦場になど出たことなど無い彼は、カインどころかヒロトが実際に戦う姿すら見たことがないのである。そして武道の心得も無いために、各種の情報や、あるいは普段の彼らの振る舞いからその実力を推し量ることも出来ない。

「大義のために彼らを許すとは……。流石は女神様に選ばれた真の勇者ですな」

三文芝居。

果たして宰相様御自身は、この演技に何点を付けるのだろうか？

（俺なら零点だな）

観客はカインただ一人。それを騙せなかったのだから、まさか高得点というわけにはいくまい。

見ているこちらをも道化になった気分にしてくれるのだから、その意味では結構な出来栄えではあるが。

「わかりました。それでは騎士団長達を解放し、魔王討伐軍に加えましょう。ただ、彼らへの説明はカイン様にお願いしてもよろしいでしょうかな？　彼らも半信半疑でしょうから、直接カイン様の御言葉を聞けば納得するでしょう」

「御理解に感謝致します。『宰相殿のような方が常に側にいれば』、さぞや仕事もしやすいのでしょうね？」

……オルガの眉がピクリと動いた。

その反応が何を意味しているかなど、言及の必要もないだろう。

「はっはっは。流石にお上手だ。私は自分の役目に徹しているだけですよ。たとえそれが『どのような立場であれ』」

さり気ないアピールのつもりか。

宰相の声を聞きながら、カインは反吐《へど》が出そうな気分を呑み込んだ。

仕方のないことだ。

これぐらい露骨でなければ、そしてこれぐらい下品でなければ、こいつらは食いつかない。カインが王に戻った場合に、ヒロトについていた自分達がどうなるのか。彼らの頭にあるのはそれだけだ。

（ふん。これがボルドーなら、とっくに身を引いているだろうな）

かつてカインの横で彼を支えた宰相、ボルドー。

アシェリアを王妃に推薦したのは彼なので、正直言って女心に関してはさっぱり当てにならなかったわけだが、しかしこういう場面では確かに手腕を発揮していた男だ。それと比べて、果たして目の前の男を宰相として横に置いておきたいかどうかと考えれば、自然とその評価も定まってくる。

端的に言って……、『ない』。

「彼らがいるのは地下牢でしたね？　それでは早速行ってきます」

「ええ。お気を付けて」

カインが話を切り上げて部屋から出ていくのを、オルガは内心で安堵しながら見送った。

そんな彼が自分の判断ミスを悟ったのは、カインの姿が視界から消えて数秒が経過した後だ。

（……しまった！）

（このタイミングでわざわざアーカム達を解放するということは、カインがあいつらに何か用があることは明白。てっきり奴らを死地に放り込むのだと思っていたが、そうではないとしたら……？）

アーカムは、仮にも現役の国王だったカインに対し、直接その牙を剥いた男である。

つまり鉄砲玉としての素質は十分。

そして例えば、例えばだ。

もしもカインが、許す代わりとして粛清部隊の役目を彼らに与えたとすれば……、どうなる？

（あいつらのことだ。大義名分さえあれば、たとえ相手が教皇でも平気で殺しに行くぞ……！）

悪い予感は往々にして螺旋《らせん》を下り、底無しの闇へと人を誘う。そしてこの宰相もまた、悪手を避けるためにさらなる悪手へと手を伸ばそうとしていた。

（カインは今、アーカム達の所へと一人で向かっているはずだ。誰も見ていない今ならば、奴らと裏取引をすることも、魔王討伐後の処遇と引き換えに密命を下すこともできる。……マズい、マズいぞ、これは！）

オルガが慌てて部屋を飛び出した。しかし廊下の左右どちらを見ても、カインの姿はない。

（急がなければ……！）

行き先はわかっている。こうして彼もまた地下牢へと向かって行ったのだが……。

いくら早足とはいえ、ここは二階。オルガがようやく一階に降りた頃、吹き抜けを飛び降りて大幅に距離を短縮したカインは、既に目的の地下牢へと辿り着いていた。

「どうぞ、こちらです」

牢番に案内させて、カインはアーカムが入っている牢屋の前まで来た。

「ああ、久しぶりですね。騎士団長殿？」

薄暗いの空間の中から見知った顔を見つけ出すと、新たな勇者は早速声を掛けた。

「……誰だお前は？」

しかし騎士団長アーカムはカインを一瞥《いちべつ》すると、明らかに見下した態度を見せた。

（ああ……。こいつ……、さては俺の顔を覚えていないな？）

脳筋という言葉があるが、世の中には本当に同じ種族なのかが疑わしいほどに知能が低く、学習能力が劣る者というのは実在する。

十年の空白があるとはいえ、それ以前には何年にも亘って顔を突き合わせていた相手のはずなのだが、どうやらアーカムは本当にカインの顔を忘れていたらしい。

確かに栄養状態の悪い生活を続けた結果として頬はやせ、さらに身なりも王族のそれではないが、しかし自分達がなぜこうして牢に入れられているのかを考えれば、すぐに気がついても良さそうなものだ。

「カインですよ、十年前まで国王をやっていた。……今はただの『勇者』ですがね」

王族ではなくなったカインに、名乗る性はもう無い。今はただの平民にして、勇者カインだ。

「カイン？」

この地下牢には、他にも当時のクーデター参加者達が入れられている。そのため、カインの名を聞いた周囲は少し騒がしくなったのだが、しかしアーカムはさらに首を傾《かし》げただけだ。どうやらこの段階になってもまだ、彼はカインのことがわからないらしい。

……記憶障害にでもなっているのだろうか？

単純に知能が低い場合もそこに含めるというのであれば、きっとそうなるのだろう。

「へ、陛下……」

別の一人が我慢しきれずに声を上げた。

女神の神託が王宮に伝えられた後、彼らは早い段階でこの牢に入れられている。そのため外で何が起こっているのかを知らず、どうやらカインが再び王になったと思ったらしい。そして、それを聞いたアーカムもようやく気がついたようだ

「玉座に戻ったわけではないので、今は平民ですよ」

「……ふん。平民風情が俺達に何のようだ？」

カインのその言葉に反応したのはアーカムただ一人。

彼はカインが王ではないとわかると、へりくだりかけた態度を引っ込めた。なるほど、どうやら彼は相手の立場によって露骨に対応を変える種類の人間らしい。もしもカインが国王に戻っていたとしたら、あるいはこの場で尻尾でも振っていたのではないだろうか？

強い者にはひたすら下手に出て、しかし弱い者には容赦無く威張り散らす。まさに美学や哲学とは無縁な人間のお手本のような男だ。だが、相手が自分よりも強いことを理解できないのは、このタイプにとっては致命的な短所だと言っていい。

「これから全ての戦力を以って魔王を倒しに向かいます。騎士団長『殿』以下、ここにいる全員にも参加して頂きます」

牢内が今度こそどよめいた。

カインの後を追ってきた宰相オルガが到着したのは、正にそんな時だ。

「オ、オルガ様……」

事情を知らない彼らには、それがまるでカインの言葉が肯定されたかのように見えた。

「ああ、ちょうど良かった。たった今、この場にいる方々に魔王討伐軍への参加を伝えたところです。それでよろしいですね？　宰相『閣下』？」

「は、はい。騎士団長、カイン『様』の仰る通りだ。全員、職務に復帰し魔王の討伐軍に参加するように」

「そういうことです。私も皆『様』に対して思うところがないわけではありませんが、物事には優先順位というものがあります。魔王討伐の大任のため、互いのわだかまりは水に流しましょう」

糞《くそ》のような演技。カインは自分の心臓にこそ聖剣を突き立てたい衝動に駆られた。

しかしここは辛抱だ。これぐらいの寒いやり取りでなければ、こいつらを騙すことはできないのだから。

食虫植物に群がる虫と同じく、そもそもの判断基準や感覚が、自分とは根本的に異なるということを肝に銘じなければ。

「と、言われましても……」

牢に入っていた者達が、どう反応するべきかと互いの顔を見合わせた。果たしてここは解放を喜ぶべきか、あるいは最前線に投入されることを懸念すべきか。

「騎士団は国王陛下の直属だ。お前達に指図される謂《いわ》れはない」

アーカムはカインの差し出した手をあっさり振り払った。

器の小さい者は、やたらと立場の上下にこだわる。それが本能で自分の方が格下だと自覚しているからかどうかはわからないが、とにかく自分の方が上だと誇示したがるのである。本物の強者達が、むしろ周囲を萎縮させないようにと気遣って、自分自身を小さく見せようとするのとは対照的だ。

「この件に関しては、アシェリア様から私に対して全権が委任されている。今はあの方が国王代理、そのアシェリア様から委任された私の決定は陛下の決定と同義だ」

宰相は、『王妃』や『ヒロト』といった、カインを刺激しそうな言葉をできるだけ避けて食い下がった。アシェリアや国王代理という単語が入ったことを考えると満点とは言えないが、しかし咄嗟の判断としては良い方だろう。

（ここでカインの神経を逆撫でするような態度を取るとは……、この無能め！　危機が過ぎ去ったら必ず処刑してやる！）

万人は万人に対する争いを本能的に求めている。故に、人は味方同士で足を引っ張り合うのが好きだ。カインに怯える味方を顧みないアーカムの態度に、オルガは敵意の矛先を風見鶏の如く大きく変えた。自分自身の危機はまだ微塵も去ってなどいないというのに……。

だが自分の幸福よりも他人の不幸を求めてしまうのも、また人の性というものだろう。

「……了解した」

そんな宰相の心情を察したわけではないのだろうが、しかし権力を突きつけられたアーカムは不機嫌そうに言葉を返した。

どうして騎士団のトップである自分がお前達の指図を受けねばならないのか。

まあ彼の心情はこんなところだろう。美学も信念も無いが故に、形式的な上下でしか物事を判断できない。他に尺度となるものを自分の中に持っていないからだ。

（……）

今となっては手遅れだが、カインは王としてもっと人材の発掘と育成に力を入れるべきだったと反省した。それどころか、先代が健在だった頃からそうするように頼み込んでおくべきだったのだろう。

人は完全にも完璧にもなれはしない。故に仕方が無いことではあるが。

いずれにせよ、こうして王都周辺の戦力はかき集められることになった。

十年前のクーデター参加者、騎士団、近隣の貴族系勢力、そして志願兵達。空前の規模となった魔王討伐軍が北に向けて移動を開始したのは、僅かその数日後である。

「カイン様バンザーイ！」

王都に残る民衆から盛大な見送りを受け、カインはついに『最初の処分場』へと出発した。

かつて現実的な範囲で善政を敷こうと心掛けていた国王。

今は魔王討伐の任と共に勇者の力を与えられた駆逐者。

赤い瞳の悪魔は、一度だけ敵の巣である王都を振り返った。

（首を洗って待っていろよ、屑《くず》共。戻ってきたら……、次はお前達の番だ）

第二章

『魔王の素顔を見たことはあるか？』

天気は雲一つ無い快晴。

この世界の腐ったような黄色い空は、まるで全ての希望を失ったかのように澱んでいる。

勝利は約束されている思い上がった者達を引き連れて、カインは魔王城のある北へと向かっていた。周囲は見晴らしの良い平野となっていて、魔王軍の姿はまだどこにも見えない。

「後ろが遅れているな……」

馬に跨って中団の少し前付近にいたカインは、後方集団が遅れていることに気がついた。

今回の魔王討伐軍は先頭と最後尾が正規の騎士団、中団付近が貴族達のいわゆる諸侯軍、そして後方が志願した民兵となっている。

勝ち馬に乗ろうと積極的に志願した者が予想以上に多く、この世界の歴史上でも類を見ないような大軍となったのだが、しかしその分だけ平均を下回るような体力しか無い者も多い。

「所詮は平民だ。そんなものだろう」

並んで移動していた騎士団長アーカムは吐き捨てた。

この男は、とにかく他人の弱いところを見つけると即座に食らいつく性分らしい。常に自分の方が上だと確かめたくて仕方がないようだ。人は完全にも完璧にもなれないというのに、しかし他人の欠けた部分を見つけるとそれを罪だと追及する。それならば最も大きな罰を与えられるのは、お前自身だろうに。

（さて、どうするか……）

我らが騎士団長様にはまだ大事な役目が残っている。

カインは横にいる男の首を刎《は》ねたい気分を堪えながら、民兵の進軍速度を確認した。

「そう言えば……、実際に魔王と戦う際の指揮なのですが……」

その言葉を聞いた瞬間、騎士団長の眉がピクリと動いた。

なんともわかりやすい男だ。

牢で話した時もそうだったが、この男はやたらと上下関係にこだわる。カインに対する言葉遣いからしてそうだ。

今は平民とはいえ、相手は仮にも元国王。それも、いつまた王に戻っても不思議はない立場である。そのカインに対して、現在は自分の方が上だという理由で尊大な態度を崩さないのだから、全くもって先のことを考える能力がないと言っていい。

いや――。

カインの胸中を踏まえて考えれば、あるいは一番わかっていると言っていいのかもしれない。

とにかく、現在は平民であるカインの指図を受けたくないというのが見え見えだ。

「残念ながら、私は軍を指揮した経験そのものがありません。おそらくは魔王との戦いが始まればそれどころでは無いでしょうし、全軍の指揮は騎士団長殿にお願いしても？」

「……ふん、いいだろう。確かにそれが出来るのは、俺ぐらいしかいないようだからな」

賢者と愚者の違いはなんだろうか？

挙げればキリはないのだろうが、しかしその中にはおそらく自分の力量を正確に把握できるかどうかが含まれるはずだ。

つまりは無知の知。

人は安易に完全を志向し、しかし永遠にそこには辿り着けない。優れていようがいるまいが、それはあくまでも人間の枠組みの中での相対的なものであって、自分の力量が不足する事態にいつかはどこかで必ず直面する。

部屋の片隅で本を開き、神輿にされていることにすら気が付かない愚かな主人公に自分を投影して、苦痛というスパイスも敗北というアクセントも無い、単に甘いだけの安い空想に浸り続けるのでも無い限り、その時は必ず訪れる。

問題となるのは、実際にその時を迎えた場合だ。

このまま進めば敗北しかないという現実を、殆どの者は直視できない。そもそも自分の力量に真摯に向き合おうという意志そのものがなく、勝利の可能性を探し回ろうともしない。その代わりとして、彼らは脅威の程度を過小評価し、そして自身の力を過大に評価する。

そうやって作り上げた妄想の現実を元にして、物事を改めて判断するわけだ。

「それで提案なのですが、騎士団長殿が正面から魔王軍を相手取っている間に、私が寡兵《かへい》で魔王に奇襲を仕掛けるというのはどうでしょう？　今回の戦いは十年前の禍根《かこん》を水に流すという側面もありますから、その時の方々と一緒に行きたいのですが」

「……ほう？」

自己顕示欲や承認欲求というものは、ただひたすらに人間を腐らせる。この時、騎士団長の脳裏には、自分が英雄となる未来が描かれていた。

これは魔王討伐。普通に考えれば、主役は勇者であるカインだ。

しかし、もしも彼が魔王と戦えなかったから？

例えば、例えばの話だ。

奇襲をしようとカイン達が回り込んでいる間に騎士団長達が先に魔王と交戦し、そして勝利してしまったとしたら？

これだけの数の人間が見ている前で、騎士団長アーカムが魔王と一騎打ちし、人類の脅威を打ち破ってしまったとしたら？

傲慢な妄想は謙虚な現実に勝る。人は自分に都合の良い未来を過大に評価し、実現の可能性を検討しようとはしない。故に、アーカムはその考えが、もはや約束された未来だと思い込んだ。

騎士団長アーカム改め、英雄アーカムの誕生が彼の中でだけ決まったのである。

現時点で魔王と戦って生還した人間は、勇者ヒロトただ一人。騎士団長である彼は今回の魔王どころか、前回の魔王アクシルの力すらも直接は見たことがないというのに、だ。

それどころか、魔王討伐に加わるのですら、これが初めて。愚者が経験に学ぶと言うならば、つまり彼はまだ何も学んでいないことになる。

だが、それを咎める声を受け入れられるだけの器はどこにもない。

自分の想像と妄想で作り上げた『勇者』と『魔王』、それだけをもって未来を推し量り、そして自己の判断を手放しで称賛する。多くの者達が物語に出てくる主人公への投影だけで済ませる空想を、彼は現実と置き換えていた。

出過ぎた杭は、もはや誰にも打つことは出来ない。

「いいだろう。……それでは後ろの平民を少し待ってやるか。あいつらも一応は討伐軍だ」

アーカムは正面を見ながら、つい先程自分が吐き捨てたばかりの民兵達を振り返った。

別に彼らを戦力として考えているわけではない。

所詮は下等な平民。騎士団にも平民はいるが、どいつこいつも『騎士道』のなんたるかを理解できない馬鹿者ばかりだと、この男は心の底から本気で思っていた。

しかしながら、観客は必要である。つまりは自分の偉業を証言する者達が。そう、英雄アーカムの誕生という、歴史的な瞬間を目撃する者達が。

そんな彼の横で、悪魔の赤い瞳が光る。『お前はそもそも、誰が魔王かわかっているのか？』とでも言いたげに。

勇者ヒロトが持ち帰った魔王本人に関する情報は、相手が全身を鎧で包んだ男だったということだけ。そして、全のために己を犠牲にするという考えを一切理解できていなかった異世界人は、それ以上のことを口にしなかった。

言えば自分の惨めさを喧伝することになる。

勇者の力以外に取り柄の無い彼は、それに耐えられなかった。

つまり王宮側の視点で見た場合、今代の魔王が女神によって聖剣と聖鎧を与えられているという話は、使者として王都を訪れた『魔族によって』もたらされたものである。

当然のことながら、敵が持ってきた情報など素直に信じるわけにはいかない。

そしてそれを抜きにして考えても、鎧の中の魔王に関しては、やはり一切の特徴がわかっていない事実は変わらない。

だから仮に。

そうだ、あくまでも仮に、だ。

もしも魔王が鎧を脱いで、この魔王討伐軍に紛れ込んでいたとしても――。

そして、その彼が馬に跨って騎士団長の横にいたとしても――。

……それが魔王だとはわからないのである。

†

四方向の内の三つを山で囲まれた平地。そこで魔王討伐軍と魔王軍は正面から睨み合った。互いに大きな動きも無く、牽制し合いながら、静かに陣形を整えていく。

両者の距離は目算で数キロといったところか。

しかし――。

「……魔王はどこだ?」

自分自身の手で魔王を討ち取ろうと目論んでいたアーカムは、肝心の獲物がどこにも見当たらないことにすぐ気がついた。両脇と魔王軍の背後が山になっているので、もしかするとそのどこかに伏兵がいるのかもしれない。

彼は、魔王が右側の山にいないことを内心で密かに願った。なぜなら、そこはカインが他のクーデター参加者達を引き連れて、別働隊として進んでいるはずのルートだからだ。

場合によっては、自分だけで手柄を独り占めするはずだった計画がひっくり返り、逆にカインや他の参加者達に良いところを全て持っていかれてしまうかもしれない。

正面に展開している魔王軍の軍勢は、せいぜいが数千程度。それに対し、急な編成で正確な数を把握していないとはいえ、討伐軍は確実に万単位。数倍どころか、十倍以上の戦力だ。

つまり、勝って当然の勝負。たとえこれで戦いに圧勝したとしても、指揮官である彼が褒め称えられることはないだろう。

(どこだ？　魔王はどこにいる……？)

手に入ると思っていたものが手に入らないとわかった時、なぜか大魚を逃した気分になるから不思議なものだ。

そしてそんな騎士団長の焦りを嘲笑うかのように、カインは山の中を進んでいた。

引き連れているのは十年前のクーデターに直接参加した者達、およそ二十名。騎士団所属の者が多いが、文官も少し混じっている。あまり走り慣れていないせいか、かなり苦しそうだ。だが勇者と一緒に魔王を討伐したという名声が手に入るとあって、彼らの士気は非常に高い水準を保っている。先日までは簒奪王ヒロトの協力者として死刑に怯えていたのだから、尚更だ。

(さて、そろそろいいか)

カインは、腰の聖剣を僅かに抜いて立ち止まった。

聖剣の機能は抜剣しなければ発動しない。つまりこの時点になってようやく、彼は戦闘態勢へと移行したわけだ。騎士団長の指揮する本隊からは、既にかなりの距離が開いている。この位置ならば、『何をしても』見られる心配はないだろう。

「うっ！」

先頭を走っていた数人から声が上がった。見えない『何か』にぶつかって尻餅をつく。

「何だ⁉」

「敵か？」

他の者達も慌てて立ち止まって武器を抜いた。敵襲かと思って身構えた彼らだが、しかしどこからも追撃は来ない。

「これは……、壁か？」

最初に倒れた男達は起き上がり、自分が何にぶつかったのかを確認しようと、何もない空間に手を伸ばした。目には見えないが、触れると確かに壁のようなものがある。

「まさか……、閉じ込められたか？」

その言葉を聞いて、他の男達も慌てて周囲を探り始めた。

「こっちは見えない壁で通れないぞ！」

「こっちもだ！」

「今来た方向も塞がってる！　なんだこれは⁉」

檻の中のなんとやら。彼らの四方は見えない壁によって完全に囲まれていた。

そして彼らの『自分達がこの空間に閉じ込められたのではないか』という考えが確信に変わった

のと同時に、空間の中央にいるカインの声が響いた。

「なあ、お前達。お前達は本当に『魔王』と戦いたいと思っているのか？」

「え？　な、なにを急に……」

積み上がる予想外。それは彼らの自己満足によってのみ肯定される冷静さを崩し、そして混乱へと突き落とすには十分だった。

「あ、当たり前です！　我々は、カイン様の剣となり盾となるためにここにいるのです！」

薄情者は都合の悪い過去をすぐに忘れる。彼らは今さっき自分達がこの場所に閉じ込められたということすら、既に頭の中から吹き飛んでいた。

「そうか。それは……、大変に残念だ」

その言葉とは裏腹に、残念そうな気配など微塵も無いカインの表情。

そして彼の瞳が再び赤く輝いた直後――。

カイン以外の全員の両腕から、大量の蛆《うじ》が一斉に湧き出した。

悪魔の赤い瞳が輝き、僅かに抜かれた聖剣からは黒紫のオーラが滲み出る。カインが女神に与えられた力の一端。ヒロトを始め、歴代の勇者達にはなぜその力が与えられなかったのか。

今、彼の周りにいる男達の姿が、端的にそれを説明していた。

「う、うわぁぁぁぁぁぁぁぁぁっ！」

「なんだよこれはぁぁぁぁぁ！」

突如として両腕の皮膚を食い破って溢れ出した蛆の群れ。根源がどこにあるのかもわからぬ痒《かゆ》みと共に、数多《あまた》の生命が雄叫びを上げた。そしてそれに吸い上げられるかのように腐り、溶け始める肉。赤から黒へと色を変えていく血はその粘度を増し、しかし傷を塞ごうと固まる気配はない。

——いったい何が起こった？

しかし混乱は、彼らに絶望からの帰還を許してはくれない。

「ひぃぃぃぃぃぃっ！」

彼らの内、篭手《こて》をしていなかった者達は各々の武器を放り投げると、慌ててそれを払い始めた。腕全体に無数に開いた穴。いくら薙ぎ払っても、また新たに白い幼虫達が穴の奥から生まれ、その姿を現す。これが自分の体の一部だなどとは考えられない、考えたくない。

そして篭手で両腕を完全に覆っていた者達もまた、自分の体に異変を感じて叫んでいた。両腕の奥底から湧き出すような感覚の正体を確認しようと、慌ててそれを引き抜く。丁寧にやっている余裕はない。とにかく勢い良く、力一杯にだ。

——ズリュ。

……手羽先の上手な食べ方というのを知っているだろうか？

あれは、肉から骨を綺麗に引き抜いて食すのだそうである。肘の辺りから千切れた彼らの肉は、まさにそれと同じ様な調子で、篭手と一緒に丸ごとごっそりと引き抜かれた。見事という他ないほど綺麗に肉が切り離され、標本のようになった綺麗な骨が姿を現す。

「ぎゃあああああああああああ！」

筋肉による支えを失った骨がだらりと垂れ下がり、篭手の入り口からは腐った肉と血、そしてそれに群がる白い虫達が零れ落ちた。

いったい自分達の……、いや、自分の身に何が起こっているのか。腐った肉は既に神経などが機能していないようで、痛みは一切無い。だが、それにもかかわらず、まるで脳に直接届けるかのように、幼虫達の蠢く脈動が余すところなく伝わって来ていた。

発狂寸前。

しかしまだ正気は保たれている。

「はぁっ、はぁっ……」

腐った腕の肉を一心不乱に削ぎ落とし、肘から先に白い骨を垂れ下げただけになった男達は、肩で呼吸をしながら、この段階になってようやく落ち着きを取り戻した。

……あれほど大量に湧き出ていた蛆は、いつの間にか一匹もいなくなっている。

「……幻、だったのか？」

そんなはずがない。しかしいったい何が起こったというのか？

互いに同じ状況に陥っていたことを今更になって確認しあった『反逆者達』は、呆然と地面に転がった各々の肉を見た。彼らはこれを、魔王による幻覚魔法ではないのかと疑ったのである。

人は現実よりも、自分の中の妄想を優先する。そして誤解を超える解釈など、どこを探しても存在などしない。地面には先程まで自分の一部だった肉が確かに転がっているというのに、千切れ、穴だらけになって腐り落ちたその腕もまた幻覚に違いないと、彼らは勝手に信じ込んだ。

悪魔の赤い瞳が光る。

「お前達、全員腕は無くなったか？」

やけに頭の中に響く声に、ビクリと反応した二十数名の男達。カインが発したその言葉は、不自然過ぎる説得力を持って彼らを現実に引き戻した。

見えない壁で囲まれた密室。その中心に立つ悪魔へと集中する視線。骨だけを残して両腕を失った彼らとは異なり、カインは全くの無傷で悠然と立ったままだ。

「……へ、陛下？　陛下はどうして無事なんですか？」

勇者カイン。彼は十年前の時点で『陛下』ではなくなっている。歴史を遡れば、魔王とはそもそも悪魔の王のことを指していたわけだから、仮に彼が悪魔だとしても、元々の意味での『魔王』を名乗る権利は失っていることになる。しかし当のカイン本人だけを除いて、この場でそれを疑問に感じる者は一人もいなかった。元々が王族として教育を受けているということもあり、視覚的な意味での存在の特別感は、ヒロトとはレベルが違う。

「……」

中心にいる男だけを除いて、全員が息を呑む。倫理や道徳ではなく、損得勘定でもなく、ただ純粋な強者と弱者の関係において、彼らは誰が王に相応しいかを本能で理解した。

「ああ、自分まで巻き込むような力はナンセンスだからな」

「……？」

首を傾げる騎士団員達。彼らの大半にその意図を推測するだけの知性は無い。

当然だ。

知性とは、苦難と困難に向き合い研鑽を積むことで得られるのだから。

カインのその言葉の意味がわかったのは、普段から忖度《そんたく》を仕事の一部とする文官達だけである。

「まさか……、これは陛下が……？」

その言葉を聞いて他の者達も気がついたのか、ハッとしたように改めてカインの顔を見た。

「そうだが？　それがどうかしたか？」

当たり前のことを聞くなと言わんばかりに冷たく答えたカイン。その赤い瞳が再び光る。

この勝負は既に『詰み』だ。見えない壁があることによって、外部に音が漏れる心配も既に無く、もはやここで取り繕ってやる必要はどこにもない。

「ど、どうしてですか!?　なぜ味方の我々を！」

「味方？　はて、俺の味方なら、とっくの昔に全員ギロチンで首を飛ばされたぞ？」

言った直後、そういえばギロチンで処刑された以外にも、自分達を助けようとして返り討ちにあった者達がいたことをカインは思い出した。内心で密かに謝罪する。彼らとて、王であるカイン達のために無謀な賭けに挑んだのだ。次に似たような台詞を吐く時は、しっかりと彼らのことにも言及してやらないとならないだろう。

……大丈夫、その機会はきっとすぐに訪れる。

「それじゃあ、やっぱり『お前』は俺達のことを――」

「当たり前だ。敵を殺さなくて誰を殺す？」

最後まで言わずとも意図は通じる。途中で途切れた『敵』の言葉に被せるようにして、カインは答えた。もう味方の振りをする理由はどこにも残っていない。

「裏切ったのか、屑め！」

「勇者の力を与えられておきながら！　卑怯者め！　恥を知れ！」

先程までは『カイン様』だの『陛下』だのと言っていた者達が、腕を失った恨みを込めて罵声を吐き始めた。

自分の裏切りは良い裏切り、他人の裏切りは悪い裏切り。誰もが心に抱く、二重規範の誘惑。

そうだ、野良犬に人権は適用されない。それならば、特別な存在である自分自身と矮小かつ凡庸な存在とが同じ基準に乗らないのも道理。

……なるほど、それを採用するのであれば、確かにその言い分は『正しい』。

正しいことをしているのだから、クーデターでカインを引きずり降ろした彼らが非難される筋合いは無いはずだ。

――が、しかしである。

ここで彼らと同じ土俵に立って、『黙れ、裏切ったのはお前達の方だろう！』などと言い返してやるほど、今のカインは『お人好し』ではない。そういうのは『話せばわかりあえる者同士』でやることだ。まさか他の獣を狩って生きる肉食獣に、『獲物の側の事情も考慮しろ』などというわけではあるまい？

(……いや、現実には本気でそう言い出す奴もかなりいるんだったか)

そんなことを考えつつ、カインは手を掛けていた聖剣を完全に抜いた。黒紫のオーラを纏った剣を最も近くにいた一人に向けると、そのまま躊躇うこと無く特殊能力を起動する。

「え?……あ、え?……?」

本人の疑問を解消すること無く歪んでいく視界。

メキメキと音を立て、あるいはミシミシと軋みながら、男の体が醜悪に膨れ上がる。

『生命転化』

SSSランクの勇者の力として実装された特殊能力が、生命のバランスを崩壊させ、彼を人外の領域へと導き始めた。

「ひぃぃぃぃ!」

偉業を求めた者に与えられた異形。それを見た周囲から悲鳴が上がる。

「どうだ? 『特別な人間』になった気分は?」

「い、嫌だ……。助けてっ……!」

命乞いのつもりだろうか? しかし、それもおかしな話だ。彼は望んでいた前人未到の領域へと、一番乗りを果たしたのだというのに。ここは本人の歓喜と周囲の羨望が満ちるべき場面ではないか?

そして——。

……ボンッ!

弾け飛んだ肉塊。まだ赤い血と新鮮な肉が示し合わせたかのようにカインを避けて、密閉された空間の中に散らばった。

「うわっ！」

「ひっ！」

頬に掛かった肉片。

体を打つ骨片。

他の者達からは、一斉に短い悲鳴が上がった。

（……興醒《きょうざ》めだな）

戦場で魔法が飛び交うこの世界では、こういう死に方をする者もそれなりにいるはずだ。文官はともかくとして、武官の反応はどういうことなのかと思ったカイン。まるで人の死を初めて見たかのような反応ではないか。

しかし勇者は直後に自分の考えを撤回した。よくよく考えてみれば、彼らは戦場でまともに強者と戦ったことが無いのである。確実に勝てる相手か、命のやり取りのない訓練か、経験があるのはそのどちらかだ。

「あ……、あ……」

仄かに上がる湯気。

どうやら今ので戦力の違いを理解したと同時に、何人かは失禁したらしい。大地に夢を委ねて放心してしまった者もいる。先程までの勇ましい言葉は、いったいどこへ行ってしまったのか。

「嫌だ……、嫌だあああああああ！」

次は誰にしようかとカインが周囲を見渡した時、閾値《しきいち》を超えてついに発狂した一人が、骨だけになった両手を振り回して走り出した。方向はもちろんカインの反対、つまり見えない壁に向かってだ。

ドンッ！　ドンッ！

「壊れろっ！　壊れろよぉぉぉぉぉっ！」

なんとかして見えない壁の向こう側へ行こうと、何度も体当たりを繰り返す男。

しかし道が開かれる気配は微塵も無い。

「まあ落ち着け」

カインがそう言った瞬間、それまで見えなかった壁が突如として銀色の鏡面へと変わった。

映り込んだ自分自身と目線が合う。そして自分の後方にいるカインの姿を見た男は、その赤い瞳を見て再び固まった。

「次の『舞台』が近い。『他の役者達』も、いよいよ待ちくたびれ始めた頃だろう。正直言うと、あまり時間に余裕が無い。が、俺個人としては、お前達には特別な思い入れがある。そこで、だ。代わりにお前達は記憶に残るような最期にしてやろう」

「へ、陛下……。お、お許しください……」

震える声。

男は混乱したまま、背後のカイン本人ではなく、正面の鏡に映り込んだ彼の前に膝をついた。しかし救いを求める祈りを捧げようにも、骨だけになった腕では手を組むことは出来ない。

悪魔の赤い瞳が輝く。これがカインではなくヒロトであったなら、自尊心を満たすために喜んで命乞いを受け入れただろうに。だが得ることに我慢を強いられている者と、捨てることに我慢を強いられている者とでは、求めるものは違う。

少なくとも、カインはヒロトと同じ価値観の上に物事を考えてはいない。

――そうだ。

相手が好ましい人物で、しかも自分に利益をもたらすというのなら、殺す必要はどこにもない。

相手が好ましくない人物で、だが自分に利益をもたらすというのなら、殺すのは我慢すべきだ。

相手が好ましい人物で、しかし自分に不利益をもたらすというのなら、残念だが殺すべきだろう。

相手が好ましくない人物で、そして自分に不利益をもたらすというのなら……。

――喜んで殺すだけだ。

「まあ……、楽しんで逝けよ」

カインのその言葉の直後、男の全身に再び先程と同じ痒みが湧き出した。

「うっ、あっ、あっ、あああ！」

人は自分の老いに初めて直面した時、そこに恐怖を感じる。皺が増え、肌が弛んでいるのを見ただけで、だ。今の彼の気分は、まさにその極北ではないだろうか？

勇者が用意した鏡に映った自分。肌は生気を失い、青と茶色へと変わり、垂れ下がるのを通り越して、腐り、溶け落ちていく。そして開いた毛穴からは、白い幼虫が我先にと、うねりながら湧き出して来た。

「お、おぇぇぇぇぇぇぇぇ！」

口の中、そして喉の奥からも溢れ出す蛆の群れ。飲みすぎた酒を吐き戻すかの勢いで、胃の奥底から数多の生命が体の外へと飛び出していく。足が、腹が、背が、胸が、首が、顔が、全てが容赦無く白い虫達に蹂躙された。

『生命転化』

その勇者の力が、細胞の一つ一つを独立した生命へと変えていく。

「あ、あ、あっ、あ……」

腐った皮膚が溶けて落ちる。支えを失い、腹から下に零れ落ちる内臓にもまた、白く蠢く者達が群がっていた。

常軌を逸した光景。それが周囲の恐怖を増幅していく。

「ひっ、ヒィィィィィ！」

「う……、嘘だ……」

「ウワァァァァァァァ！」

他の男達から新たな悲鳴が投入された。しかし当の本人の耳にまでは届かない。『鏡』に写っているのは、人間の特徴を完全に失った自分の姿。彼はそれを天の底が抜けたような境地で見ていた。

そして最後に感じたのは目の周囲に群がる痒み。自分の眼球が白い悪魔達に突き破られるのを最後に鏡で確認した後、彼はしばらくの蹂躙の後に人生を終えた。

「うっ……、オェェェェェ！」

意識を永遠に失い、全身を白で覆われたまま無制御で倒れる体。自分の番はまだだというのに、かつて共にクーデターに参加した『同志』の最期を見ていた他の者達は、次々と胃の中身を外に吐き出し始めた。

「はぁっ、はぁっ……」

盛大に全てを吐き出した後、残された二の腕で口を拭いながら、吐いた苦しみからの僅かな解放感を得た反逆者達。少しだけ冷静さを取り戻した彼らは、自分達に迫った運命を感じ取った。

――このままでは、自分達も同じように殺される！

「お、お許しください陛下！　言われたことは何でもします！　ですから命だけは！　命だけは！」

「そ、そうです！　ご所望ならば、騎士団長の首を差し出します！」

薄情者達は我先にと這いつくばり、カインに対して口々に救いを求め始めた。自尊心を満たせば見逃してくれる、そんな勇者ヒロトの幻想を目の前の男に重ねて。

人は一度染まった価値観からは容易に抜け出せない。彼らは王という存在を、『国王ヒロト』という尺度で推し量っていた。

持ち上げて機嫌さえ取ってやれば、後はどうにでも出来る存在だと。

「……」

そんな彼らをしばし眺めた後、カインが返した言葉はこうだ。

「ああ、良いぞ。お前達を許そう」

安堵の溜息を漏らす男達。鏡面で囲まれた空間内の空気が弛緩する。

「ありがとうございます……！」

「助かった……」

まさかあっさり許されるとは思っていなかったのか、男達は腰が抜けて完全にへたりこんだ。

これで脅威は去った。後は魔王を倒し、そして騎士団長の首でも捧げれば良いのだと、彼らは誰もがそう考えていた。

しかし人は気を緩めることで、自分の方から危機を引き寄せる。蔓延した楽観主義は、彼らに破滅からの退避を許さなかった。

そして――。


……じゅるっ。


何重にも重なった『何か』が蠢く音。次の瞬間、彼らの全身からも、一斉に蛆が湧き出した。

「ぎゃあああああああああ！」

「なぜ！　なぜですかァァあああああああ！」

鏡面で囲まれた空間は、約二十名の男達による断末魔の叫びで満たされた。

「なぜ？　別に不思議はないだろう？　『許す』とは言ったが『助ける』とは言っていないからな」

そうだ。

許すと助けるは同じようで違う。前者は感情、後者は損得勘定だ。

許される前までの彼らは『喜んで殺す』存在だった。

許された後の彼らは『面倒だが殺す』存在になった。

『邪魔だから排除する。もちろん喜んで』から、単に『邪魔だから排除する』に変わっただけだ。

見逃す理由は依然としてどこにも存在しない。結局の所、彼らがカインの陣営に対して深刻な被害を与えたのは事実。それは死者を蘇生したり、時を巻き戻したりしない限り覆しようがない。つまりカインにとって、彼らが『優先的に駆逐し排除すべき対象』であることは、一切変わらないのである。

許しはするが見逃しはしない。……それが答えだ。

機嫌が良かろうが悪かろうが、そもそもの行動は変わらない。

「あ、あ、あ、あ……」

宿主の細胞と生命力を食いつぶし、無数の白い蛆が生命の潮流と共に零れ落ちていく。老化と腐敗、つまりは生命の終着。執着すらも虚しく引き剥がされ、男達は空の壁の中に込められた絶望だけを受け取った。山が玉虫色の感情を露わにしたのは、別にその現象が不自然だったからではない。

むしろ逆だ。

人は完璧にも完全にもなれないというのに、それを知っても尚、他人の失敗と不手際を責めずにはいられない。相手の出来の悪さを確認し、それを責める自分を神と位置付ける。ならばその極北はなんだ?

誰もが生まれながらに責められる理由を持つのなら、それは最後の一人になるまで潰し合うことこそが自然形ということではないのか？

自然界は歓迎している。

強者による淘汰を。

建前無き真理と現実の再来を。

そして……、人間の王の帰還を。

「うわ……、ぁ……」

腐りきった筋肉が体を支えきれず、男達は次々と地面に倒れ始めた。既に思い通りの声を上げることも叶わない。そして生命転化によって彼らの細胞から変異した蛆達もまた、その生命力を使い果たして元の姿へと戻っていく。

「なん……、で……？」

低下した知能の上を同じ疑問が回り続ける。そして日々の眠りに着く時と同じように、束の間の屍人となった者達は曖昧な生死の境界を踏み越えていった。

腐り、溶け、穴だらけになった肉達、そして残った骨。

「……ふう」

全員を処分し終えたことを確認した後、カインは聖剣を鞘に収めた。

これで、少し溜飲は下がった。

（後が詰まっているんだ、仕方がないな）

本当はもっと時間を掛けて苦しませたかったというのも否定は出来ない。しかし物事には優先順位というものがある。

『やりたいこと』と『やるべきこと』は明確に違う。

詳細の是非はともかくとして、少なくとも十年前に死んだ臣下達が、前者を優先するような行動を肯定したりはしないだろう。認められるとすれば、今さっきのように『やるべきこと』のついでに『やりたいこと』をする場合ぐらいだ。

「さて……。次に行くか」

まだまだ『一世一代の名演技』を披露して貰わなければならない連中は大勢いる。カインは反逆者達の死体をさらに痛めつけてしまいたい欲求を呑み込んで、足早にその場を後にした。

かつて国王だった時代、国内の全ての者達はカインにとって味方陣営だった。

しかし今はもう違う。

敵性要因を放置しておくような博愛主義ではない国王を止められる臣下は、既にどこにもいないのだから。

†

さて、カインが同行していた者達の処分を終えてからしばらくした頃、睨み合っていた討伐軍と魔王軍も動き始めた。もちろん、最初に動いたのは騎士団長のアーカムである。

「魔王の姿が一向に見当たらないな。この大軍を前に逃げ出したのかもしれん」

人は自分の価値観こそが絶対と信じ、全てをその尺度で推し量ろうとする。故にアーカムは、自分が世界で最も勇敢な者、つまりは真の勇者であるという前提の元に現状を分析した。そういうのは本来、子供に聞かせるような話だというのに。

金があっても不幸せな奴もいる。

社会的地位があっても人格が伴っていない奴もいる。

そんな風に物事から都合の良い一部分だけを切り取って、まるで木が森全体であるかのように言って見せる。そうやって子供達の目を現実から逸らし、少しでも希望を持たせようとするわけだ。

しかしここは戦場。大人同士で殺し合う場所である。

もちろん子供にも参加は可能だが、しかし彼らが主役になれるほど甘くはない。そして現実を直視できない者の思い通りになるほどにも、やはり甘くはないのである。

「よし、まずは突いて様子を見るぞ。民兵の部隊を二つ出せ」

アーカムは、魔王不在のこの戦場で如何に自分の名声を高めるかを考えていた。強者の代名詞たる存在がいない中で利用できそうなものは何か。その結果として出した命令がこれである。

「民兵をですか？　しかし……、それでは彼らが犠牲になってしまうのでは？」

副団長は周囲の誰もが思った疑問を口にした。

集まった志願兵達は、およそ四千人ほどで一部隊として編成されている。それが二部隊なので、つまり八千人だ。魔王軍が五千程度しかいないので、数の上では確かに有利だが、しかし武装の貧弱さや個々の力量を考えれば、相当な被害が出ることは目に見えている。

もちろん、戦力としてはあまり期待できない彼らに出来る限りの損害を負担させたいという考えなのは、副団長達にもわかるのだが……。

「言いたいことはわかっている。だが魔王が姿を見せないというのは明らかに怪しいからな。何か隠し玉があるかもしれん。まずはそれを炙り出す」

「はっ！　失礼しました！」

争いが遠のけば、使われなくなった牙は自然と抜けていく。

人間の国家が統一されて長い月日が経ち、大規模な戦争の無い時代が続いた現在において、その戦術の是非を判断できる者など、どこにもいなかった。そこに魔法の発展や軍事技術の衰退が組み合わされば尚更である。故に、彼らは自分達の中での上下関係を優先した。

それは本来、生き残るために合理性を追求した結果の産物であったはずだというのに、彼らはそんなことを考えもしなかった。いや、そもそも初心を理解していなかったと言うべきか。

上下関係にだって目的に応じて様々な形態があるが、それらの違いすら全く区別出来ていなかったのである。

正しさの土台となる根拠というものの存在を、彼らは考えようとすらしなかった。

「栄えある第一陣、これより魔族を粉砕する！　突撃！」

功を焦ったのか。あるいは数の優位を自分自身の力と錯覚したのか。

民兵達の指揮官を任された男は、いきなり真正面からの全力突撃を選択した。いくら魔族が魔法に長けているからといって、まだその射程圏からは遠い。タイミングとしては、もう少し様子を見ながら距離を詰めてからでも良かったはずだ。

「うおおおおお！」

しかしこれが初めての戦場である平民達には、そんなことなど理解出来ない。自分達が歴史の表舞台に立っているのだという高揚感と共に、全力疾走で魔王軍へと向かっていく。彼らの頭の中に存在するのは、自分達が損害無しで完勝する未来だけだ。

「魔法隊、構え！」

流石にこうなっては、魔王軍とて何もしないわけにはいかない。魔王不在のまま、彼らもついに動いた。

「魔王様の到着まで時間を稼ぐぞ！　魔法発射準備！……放てぇぇぇぇ！」

合図と共に一斉に放たれる火の玉と氷の矢。

それは思い思いの放物線を描き、威勢よく向かって来る者達に襲いかかった。

「ぎゃああああ！」

「痛てぇぇぇ！」

「うわぁぁぁぁぁ」

「足が！　足がぁぁぁぁぁぁ！」

次々と着弾する魔法と、呆気なく餌食になる平民達。

頭が吹き飛び、腕が千切れ、そして後続の味方に踏みつけられていく。攻撃を受けなかった者達の中には怯んで足を止めた者もいれば、逆に感情が振り切れて走り続ける者もいる。何にせよ、彼らは組織的な攻撃力を呆気なく失った。

「足並みが乱れたぞ！　一気に畳み掛けろ！」

討伐軍の後衛はまだ後方に控えたままのため、最前線に支援攻撃が飛んでくる心配はない。これを好機と判断した魔王軍の指揮官は、味方に前進の指示を出した。

「よっしゃ！　一気に決めるぞ！」

それぞれに工夫した武器を手にした魔王軍の前衛部隊が、身体能力で数段劣る人間達に容赦無く襲いかかった。

「ひぃぃぃぃぃ！　助けてぇぇぇぇ！」

「なんで⁉　どうなって――、ぎゃ！」

戦場に響く断末魔。しかし魔王軍に加減の気配は一切ない。

この時点で、既に勝負は決まった。

「おい、やばいんじゃねぇかこれ……」

「どうしよう。俺、まだ死にたくねぇよ」

先陣を切った味方の惨劇に、後方に待機して見ていた他の民兵達からも不安の声が漏れ始めた。

（まったく、情けない奴らだ。やはり所詮は平民だな）

他人が失敗しているのを見て、自分ならば上手く出来ると考えてしまうのはままあることだ。この時のアーカムは、正にそれだった。自分は選ばれし存在だ、こいつらとは違う、と。

まだその時は訪れていないというのに、彼の心はもう既に勇者となっていた。

「団長！　このままでは味方が！」

「わかっている。騎士団！　これより敵を撃破する！　俺に付いてこい！　行くぞ！」

アーカムは馬に跨ったまま剣を抜くと、単騎で走り始めた。

「団長！　指揮は⁉」

「お前に任せる！」

指揮官として後ろで眺めていたところで、大衆は自分を英雄だとは思わないだろう。

そう考えた騎士団長は、副団長に後を押し付けた。

視線の先では民兵八千人が早くも全滅しようとしている。主役の登場には絶好のタイミングだ。

「おおっ！　騎士団長が行ったぞ！」

後に続いた数千人の騎士達を引き連れ、平民を狩って乱れた敵陣に突っ込むアーカム。

胴体を覆う程度の革鎧しか身に着けていなかった民兵達とは違い、金属製の鎧で全身を包んだ騎士達に半端な攻撃は効かない。敵の目前で足を射抜かれた馬を即座に乗り捨て、彼は近くにいた魔族に斬りかかった。

「すげぇ！　流石は騎士団だ！」

騎士団長の目論見通り、完全にただの観客となった平民達が歓声を上げた。

乱戦模様となった最前線。瞬殺された民兵達とは違い、騎士団は魔族達と互角に戦っている。

魔王軍全てに対して正規の騎士団だけで互角だというのなら、そこに他の貴族達の戦力や民兵が加われば、勝ちは確定だ。

故に人々は思った。この勝負は勝った、と。

……その瞬間だ。

——ドンッ！

水を差すように、何かが爆《は》ぜる音。

魔王軍の後方の山で土煙が立ち、『それ』が宙へと打ち出された。

「なんだ……、大砲か？」

ちょうど犬の耳を生やした魔族を斬り捨てた直後だったアーカムは、すぐに音の方向を確認した。

この世界の戦争において、遠距離攻撃の主力はあくまでも魔法である。しかし魔力量の問題や対魔法障壁、それに魔法が使えない者達の活用といった観点から、弓や大砲といった武器も使われる。

昔は銃が大量に使われていた時代もあったのだが、旺盛な需要を前提に肥大化しすぎた軍需産業は、人間国家の統一による業界規模の急激な縮小に耐えきれなかった。

目先の採算を合わせるための安易な人員削減の結果として後継者が完全に途絶え、現在は既に携帯可能な銃の技術そのものが失われている。

「あれは……？」

空高く打ち上がった『何か』。

後方で見ていた人間達が指差したそれは綺麗な放物線を描き、そして最前線へと落下していく。

「ありゃなんだ？」

観客となった民衆も空を指差して声を上げた。

そして……。

――ダンッ！！

着弾し、大地を伝わって広がる衝撃。

討伐軍と魔王軍、双方が何事かとその方向を見た。只ならぬ雰囲気に、数瞬前まで熱気に満ちていた最前線が静まり返る。舞い上がった土煙が途切れ、そしてその中からは人影が姿を現した。

「あれは……、まさか……」

覇気、怒気、殺気。

放たれる圧倒的な存在感。

紫のマントを垂らし、全身を覆った黒い鎧が鈍く輝く。

「つ、ついに来やがった……」

「あれが……」

この戦場にいた全ての人間達が息を呑んだ。本能が現実を理解し、恐怖で鳥肌が立つ。

「待たせたな、お前達」

どこかで聞いたことがあるような男の声が戦場に響いた。

それが誰の声だったのか気がつく者はいなかったが、しかし騎士団長を始めとして、討伐軍の人間達は全員が本能で理解した。

『間違いない、コイツが魔王だ』と。

「魔王様！」

そして人間達の推測を肯定するかのように、魔王軍から歓声が上がった。自分達の陣営が誇る最高戦力の到着に、戦場にいる魔族全体が沸く。討伐軍の人間達は知らないことだったが、今回の戦いにおいて、魔王軍には他に伏兵の類はない。つまり騎士団と戦っていたのが今回の戦いにおける全戦力であり、魔王抜きでは本当に負け戦になるところだったのである。

「お前達はもう下がれ。後は……」

魔王の頭部を覆う兜。

その奥で『赤い瞳』が力強く輝いた。

右手で剣を抜き、左手で宙を鷲掴みにするように、勢いよく拳を握る。

ゴギョ！

「――――！」

そして寸分のズレも無く、魔王軍と戦っていた騎士達の首が、一斉に握りつぶされた。

「後は全て、俺がやる」

その現象がいったい誰の意志で発生したものであるかなど、もはや説明の必要はないだろう。

崩れ落ちる騎士達。その体に意識はもう残されていない。

「魔王様が本気だ！　下がれ！　巻き込まれるぞ！」

敵の脅威が無くなった魔族達は、急いで自陣の後方へと下がり始めた。彼らの顔には一様に安堵の表情が浮かんでいる。

「何だ⁉　何が起こった⁉」

逆にそれとは対照的なのが人間側だ。

「みんな一気にやられちまったぞオイ！」

「やばいんじゃねぇのかこれ……」

突撃に加わらなかった副団長周辺の騎士達。

勝ち馬に乗り遅れまいと鼻息荒く参加した貴族達。

自分達こそが世界の主役だと思い上がっていた平民達。

討伐軍を構成する全ての者達が、目の前で起こった現実を理解できずに狼狽《うろた》え始めた。

「おい！　魔王だぞ！　勇者はさっさと殺しに行けよ！」

「こんな時に勇者は何してるんだ！　あの役立たず！」

「まさか逃げたんじゃねぇだろうな、あいつ！」

「見ろ！　騎士団長が戦う気だ！」

魔王と戦うために存在するはずの勇者がこの場にいない。口々に文句を言い始めた人々は、倒れた騎士達の中で唯一人立っている男を見つけて、それを指差した。

自己顕示欲の強さを象徴するかのように、騎士の中でも一際目立つ赤い兜飾り。人々の視線の先では、騎士団長アーカムが魔王に向けて剣を構えていたのである。

「勝手が出来るのはここまでだ、魔王。お前の首は俺が貰う」

「……」

そもそもの問題として、なぜ彼だけが立っているのかという話だ。

本人はそれを運命か何かと勘違いしたのかもしれないが、もちろんそこには強者の意図がある。

しかし以前に勇者ヒロトが両手両足を失った状態で王宮に届けられたことを、今のこの状況と関連付けて考えようとする者など、一人もいなかった。

「頼むぜ！　騎士団長！」

「あんたこそ本物の英雄だ！」

「いや、勇者だろ、むしろ！」

人というものは、物事を自分に都合良く解釈しようとする。

ひたすらに都合の良い大衆。

そしてそれとさほど変わらない騎士や貴族達。

そんな者達におだてられ、また一人の男が舞い上がった。

千載一遇、願ってもない好機。たった今、周辺にいた部下達が瞬殺されたばかりだというのに、騎士団長は自分の望んでいた状況が訪れたことに対して、内心で歓喜していた。

空想と妄想、それが人の原動力だ。

彼にだけは見えている。

目の前の魔王を打ち倒し、自分の名が英雄として歴史に刻まれる未来が。

「うおおおおおっ！」

人々の視線と期待を一身に集める快感。アーカムは明るい未来への確信と共に、魔王に向けて斬りかかった。

(初撃は布石！　止められた直後の二撃目で決める！)

金属製の鎧で全身を包んだ重装備。ルーツを辿っていけば、その戦闘スタイルは『防御を鎧に任せて全力で攻撃を行う』というものだった。しかし物事は必ずしも合理的な方向にばかり変化するわけではない。長年に亘る、実践と実情を無視した精神論の介入。それにより、現代の騎士達の剣術は攻撃と防御の両方を剣に頼るというスタイルに変化していた。

積極的に活用されなくなった金属の鎧など、もはや単に無駄な重量と保険にしかならない。

「死ね！」

「……」

初撃を止められる前提で、全力を込めること無く振り下ろされた騎士団長アーカムの剣。即座に二撃目を繰り出そうと心の準備をしていた彼だったが、しかしその思惑は直後に外された。

(俺の攻撃を……、受け止めないだと！)

魔王の右手に握られた剣で受け止められるはずだった初撃。しかし彼の剣は相手の剣とぶつかることなく、そのまま魔王の鎧へと向かうことを許されてしまった。

(俺のような本物の強者が相手で勝負を諦めたか！　いいだろう、叩き斬ってやる！)

心変わりした騎士団長が剣に力を込める。

一撃の威力ならば誰にも負けないという絶対の自信。彼は自分の力をここで見せつけてやろうと意気込んで、剣を振り込んだ。

「貰った！」

——ガキンッ！

鈍い音が戦場にこだました。

騎士団長の全力の一撃。しかしその攻撃は完全に止まり、まともに食らったはずの魔王の鎧は傷一つついてはいない。

……ルーツを辿っていけば、その戦闘スタイルは防御を鎧に任せて全力で攻撃を行うというものだった。それを踏まえて考えるのならば、魔王はまさに正統派の戦い方を見せたとも言える。

「なんだと！」

驚いたのはアーカムだ。彼は痺れた両手と一緒に、その思考までもが麻痺したように止まってしまった。

物事が自分の思っていた通りに進まなかった時、人はその真価を問われる。ではこの男はどうだったのかと言えば、自分の力が通用しないという現実を受け入れることが出来ず、少しの間固まっていた。

戦場においてはあるまじき、完全なる無防備。

当然、その隙を魔王が見逃してくれるはずもない。

グシュッ！

「——！　ぐわぁアア！」

黒紫のオーラを纏った剣が、騎士団長の右腕を貫いた。

ドッ！

「────！」

続いて魔王の拳が腹部に叩き込まれた。身に纏った分厚い金属の板を紙切れか何かのように折り曲げ、衝撃がアーカムを襲う。

胃の辺りを直撃されたことで、喉の奥から湧き上がる嘔吐感。彼はそれに抗えなかった。

「う、うおぉぇぇぇぇぇぇっ！」

剣を落として地面に膝をついたアーカムは、胃の中身を全てぶちまけた。

「ごほっ！　ごほっ！」

そんなアーカムを上から見下ろし、しかしまだトドメを刺そうとはしない魔王。

殺ろうと思えばいつでもそれが可能だというのに、しかし彼は目の前の男に剣を突き立てようとも、頭を握り潰そうともしなかった。

「おいおい、何やってんだ！」

「そうだ！　あっさり負けてんじゃねぇよ！」

そんな騎士団長に対して浴びせられる罵声。

しかし、それは敵である魔王軍側からのものではない。その言葉を発しているのは味方の陣営、つい先程までは、彼を英雄だなんだと持ち上げていた連中である。

しかし、別に彼らが特別に腐っているとか、人格の面で劣っているわけではない。

人は自分こそが特別な存在だと、常に心のどこかで信じている。つまりは単に自己評価が高いというだけで、他人の目から見れば、これが『普通の』人間というものだ。

奴隷を殺し合わせるという娯楽に浸り、すぐ目の前で起こる死が自分には直接関係ないと刷り込まれた者達。彼らにとって、これはあくまでも他人事でしかない。

(な、なぜだ……。ありえん……)

自分を称え声援を送るはずの者達が、なぜか自分に対して罵声を浴びせているのか。アーカムは何がなんだかわからなくなった。そんな彼の耳元で、彼自身が囁《ささや》く。

自分は称えられて然《しか》るべき人間のはずだ。いったい何が起こっている？

……俺は魔王を倒す英雄のはずだろう？

(そうだ、魔王だ！)

傲慢な妄想は、謙虚な現実を駆逐する。アーカムは、この事態がまだ魔王を倒していない故に起こっているのだと結論づけた。

なるほど、確かにそれは正しい。魔王を倒せたのならば、人々は間違いなく褒め称えてくれるだろう。

……倒せたのならば、だ。

「うおおおおお！」

アーカムは残った左手で再び剣を掴み、馬鹿の一つ覚えのような掛け声と共にそれを振り回した。

しかし魔王は仁王立ちのまま、防御の素振りを一切見せない。そして、その命を取ろうと幾度も迫る騎士団長の剣を、鎧が事も無げに全て防いだ。

「な、なぜだ……」

息を切らし、呆然とした顔で一歩後ろに後退した騎士団長。自分の攻撃がまるで問題にならないという事実に、彼は気圧されていた。

ありえない。その結論だけが頭の中を循環する。

「ビビってんじゃねぇよ！」

「逃げんじゃねえ、根性無し！」

動機や内容はともかくとして、仮にも魔王に一人で挑んでいる男の背中に浴びせられる、容赦無い言葉の数々。しかし別に、彼らが特別に腐っているとか、人格の面で劣っているわけではない。

人は完全にも完璧にもなれはしないというのに、しかし他人に対しては当たり前のようにそれを要求する傲慢。これが『普通の』人間というものだ。

アーカムから見て、正面には魔王、その奥には魔王軍。そして背後には討伐軍がいる。

正面はどちらも敵だ。……では背後は？

アーカムは思った。なぜ彼らは敵であるはずの魔王でも魔族軍でも無く、味方であるはずの自分に対して敵意を向けているのだろうか、と。

自分は称賛されるべき人間のはずだ。

……だってそうだろう？

自分は騎士団のトップ。

自分は討伐軍の指揮官。

自分は魔王を倒す勇者。

……ほら、称賛する理由しかないじゃないか。

進歩の無い思考が、アーカムの頭の中で腐り始めた。

独善と傲慢。彼の精神を支えていたはずのものが、目の前で崩れ落ちていく。

理想と現実。明るい未来はどこかへと消え失せていく。

騎士団長で無くなった自分。

討伐軍の指揮官で無くなった自分。

魔王を倒せなかった自分。

離れていく。

未来が。

――そして全てが！

「い、嫌だ……。嫌だぁぁぁぁぁぁぁぁぁぁぁぁぁ！！！」

現実逃避。

自分の頭の中だけに存在する明るい未来にしがみ付こうと、騎士団長は三度目の攻撃を魔王に仕掛けた。

（勝てば……、そうだ勝てば良いんだ！　勝てば！）

――ドシュ！　ガシュ！

「……え？」

突如として、アーカムは自分が宙に浮く感覚を得た。そして一瞬の無重力の後、体全体が下に落ちていく。大地と、その下にいると言われる地獄の亡者達に引き寄せられて。

「うっ！」

地面にぶつかった衝撃と共に、三箇所から痛みが押し寄せた。剣を持っていた左腕、そして両膝から下。

ついに振られた魔王の『聖剣』が、それらをアーカム自身から切り離していた。

絶対強者。

仰向けになって天を仰いだ騎士団長に、魔王がゆっくりと近づいていく。

「何やってんだよ！　無能が！」

「マジで使えねーな！」

「殺せ殺せ！　そんな奴、殺しちまえ！」

アーカムの目論見通りに『観客』となった者達は、期待に応えられなかった決闘者に対して、容赦無い言葉の数々を浴びせた。

「こ！　ろ！　せ！　こ！　ろ！　せ！」

どういうわけか、討伐軍側から巻き起こった『殺せ』のコール。敵の陣営から主役に仕立て上げられた魔王が、彼らの期待に応えるかのように騎士団長の首を掴んで持ち上げた。

それを見た大衆から歓声が上がる。民主主義における正しさが多数派であることによって保証されるならば、周囲と同じ行動こそが正義だ。真に自分を戒められるのは自分自身だというのに、彼らはただ肯定だけを求め、受け入れていた。

万人の、万人による、万人のための正義。

だがそんなものは、幻想の中にすら容易には存在出来ない。

「ゆ、許してくれ……」

屈辱的な命乞い。

アーカムは自由が効かなくなった体で、ついにその言葉を口にした。他の者達にとってはどうだか知らないが、少なくともこの騎士団長のように見栄や自尊心こそを根幹とする者にとって、それは心を折られた以外の何物でもない。ある価値観を持つ者達にとっては取るに足らない物事が、別の価値観を持つ者達にとって重要だというのは、よくある話だ。

「……」

一瞬だけ考えた後、魔王は彼を『許す』ことにした。

二人の戦いはもう終わったのだ。局所的ではあるが、しかし『魔王対騎士団長』の戦いはもう終わった。健全な精神が健全な肉体に宿るというのなら、ここは騎士道に邁進した彼に敬意を払うべきだろう。

——もちろん王として、だ。

だから彼は『聖剣を収める』ことにしたのである。

魔王は片手でアーカムの首を掴み、ゆっくりと持ち上げた。そして自分の『聖剣』を彼の口に当て――。

「うごっ……、お、おぇぇっ！」

……差し込んだ。

口から入り、喉を通って食道へと。黒紫のオーラで守られた『聖剣』が、騎士団長の体内をゆっくりと突き進んでいく。内臓が切り裂かれ、血という血が喉の奥から溢れ出した。

「ごほっ！　ぐぼっ……！」

（あ、赤い……？）

声を上げることも叶わず、急速に薄れていく意識。体の中が熱い。切り裂かれる痛みと鉄の味を感じながら、アーカムは兜の奥に光る魔王の瞳を見た。

（赤い……、瞳？）

赤い瞳を持つ人間など、この世界には殆どいない。

いや、殆どどころか全くだ。

実際、アーカムは該当する人物を二人しか知らない。ましてや現時点で生きているとなれば、たった一人だけ……。

（まさか……、お前は……）

「……」

騎士団長の疑念に対する魔王の回答は、無言と沈黙だった。

健全な肉体には健全な精神が宿る。そしてアーカムの肉体は、人として間違いなく健全だった。

ということはつまり、これが健全な精神だということではないか？

倫理と道徳、善意と良心。『これ』がこの世界の健全だということなのではないか？

だとすれば――。

「……消え去るべきだな、全て」

魔王は一言だけ言葉を発した。消え去る寸前の意識の中でその声を受け取ったアーカムの中で、疑念が確信に変わる。

（ああ……、聞いたことがあるぞ、この声は……。やはりお前は……、カイ――）

グチュ！

魔王は取り付く島など用意していないとばかりに『聖剣』を押し込んだ。連想した男の名を頭の中で呟き終わるよりも前にアーカムの意識は途絶え、そして魔王は『肉の鞘《さや》』に自分の剣を収め終えた。

「うおおおおおお！」

「ハッハッハ！　無能が死んだ死んだぁーー！」

「あいつダサすぎだろ。俺なら普通に勝ってたぜ」

聖剣を突き立てられて動かなくなった騎士団長アーカムの遺体。しかしそれでも尚、人々の嘲笑は止まらない。競うかのように指を差し、人々は無様だと彼を扱き下ろした。

その様子を冷めた目で見ていたカインは、かつて自分を玉座から引きずり降ろした臣下に対し、少しだけ同情した。

……少しだけだ。

賢明だったとはお世辞にすら言えないが、しかし彼が自分の望む未来を掴もうと、『自分自身で行動した』のは事実。それが、他人の成果にただ乗りすることしか考えないような連中から馬鹿にされるとは。

「……」

たとえ能力が高かろうが低かろうが、自分の限界に挑むことをカインは下策とは思わなかったし、それで失敗して転んだ者を嗤う気にもなれなかった。有能の定義が失敗の少なさを意味するのであれば、永遠に彼らとわかり合うことは出来ないだろう。正しいという言葉の意味が、多数派であることだったとしても、やはり同じことだ。

——まったくもって、彼らを味方にする利点を見いだせない。

兜の奥の赤い瞳が、自分達だけは安全地帯にいるつもりになっている者達に向けられた。失敗の中から成功の種を掴み取れることを有能と定義するのなら、視線の先にいるのはまさに無能の極北だ。

そしてそんな魔王の背後では、熱狂する人間達を見た魔族達が、ただただ戸惑っていた。

「なんなんだよ、あいつら……」

仮に騎士団長が魔王に勝利したというのであれば、彼らが喜ぶのはまだわかる。味方が敵の大将首を取ったわけだから、別に不思議はないだろう。

しかし実際はその逆だ。

魔王が勝ったのだから魔族達が喜ぶのは良いとして、彼らの歓喜する理由がいったいどこにあるというのか。

「理解できねぇ……」

民兵に続いて主力であるはずの騎士団が壊滅し、さらに大将と見られる男が一騎打ちで敗北したのである。魔族達にはそれで他人事のように喜ぶ感覚が全く理解できなかった。

「よくやったぞ魔王！」

「あっさり殺しすぎだろ！　もっと苦しませろよ！」

人は自分が多数派に属している際、それこそが自分の判断の正しさの証明だと思いたがる。故に『肉の鞘』から剣を抜いて自分達の方を向いた魔王を見て、討伐軍の人間達はまるで見世物を終えた後の役者にでも送るような声援を上げた。

……いや、実際に見世物だと思っているのだ、彼らは。

ここは戦場だというのに。

殺し合うことこそが仁義であり礼儀、ここはそういう場所だというのに。

平民達はこれを自分達のための娯楽か何かと勘違いし、多少はマシだったはずの貴族や騎士達もまた、その雰囲気に流された。そんな衆愚を、これまでのように首や頭を纏めて握り潰すことで殺そうと考えた魔王。しかしその直後、彼はこれが自分の力を試すのに丁度いい機会であることに気がついた。

民兵と騎士団を合わせて既に一万人以上が死んでいるとはいえ、しかしそれでもまだ万単位の人間が残っている。正確な数は数える気にもならないが、しかし二万以上は確実にいるだろう。これだけ大規模な戦場に出会う機会など、そうそう無いはずだ。

彼が『女神』から与えられた力。

彼女の言葉を要約すれば、つまりはこの世界で最強の力。

それがいったいどこまでやれるものなのか、それを試す絶好の機会である。

使える能力は一応全ての種類を試しはしたので問題は出力、つまりその威力だ。そこで魔王は、思いつく中で最も難易度が高く、そして体力の消耗が大きい方法で彼らを『処分』することにした。

いったい自分には、どれだけの大破壊を起こすことが出来るのか。

いったい自分には、どれだけの大量殺戮を行う力があるのか。

彼は剣の先端を上に構えると、討伐軍の左右と背後、そして上の四方向に、鏡面の壁を出現させた。まるで魔王軍に対して人間達を見世物にするための劇場のように、だ。

「なんだ?」

「おいおい、今度はなんだよ?」

新たな余興が始まるとでも思ったのか、呑気な声を上げ始めた平民達。

「おい、これホントに鏡だぜ。魔法かよ?」

面白がってさっそく鏡に触れる者達。しかしこの世界の一般的な魔法の中には、こんな現象を実現できるものは存在しない。試しにドンドンと叩いてみるが、壁が割れる気配は全く無かった。

いったいこれから何が始まるのか。

期待感を募らせた人間達に対し、しかし魔族達は別の反応を見せた。

「本気かよ……」

「魔王様……。一応はアンタの同族だぜ？」

魔王の意図を察して戦慄した魔族達。人間よりも粗雑で残虐だと馬鹿にされることが多いが、少なくとも今は彼らの方が賢明だ。

そしてゆっくりと、天井の銀色が下がり始めた。

「おいおい何やってんだよ、早くやれよ！」

「俺が代わりにやってやろうか⁉　ちょうど新作の一発芸を考えたんだ！」

「お！　いいな！　やれやれ！」

どんな業界、どんな立場においても、今いる場所や地位よりも上に行こうと思えば、それ相応の忍耐力を発揮しなければならない。成功よりも失敗の方が多い状況の中で、千載一遇の好機を逃さないように集中と警戒を保ち続ける必要がある。

しかし彼らにはそれがない。

だからこそ彼らは平民なのであり、この戦いを死地と見抜けない騎士や貴族なのである。そんな彼らが天井の変化にすぐ気がつくはずもない。浮かれ、侮り、そして空の底に新たに生まれた死地へと呑み込まれていく。

動かない魔王に気を取られた彼らが『そのこと』に気がついたのは、銀色の天井がもうかなり下がってしまってからだ。

「……？　おい、なんか上のやつが下がってきてねぇか？」

「そうか？　最初からこんなもんだったろ？」

『下がったかどうか』というのは、当然『下がる前はどうだったのか』を知っていなければ判断できない。直接的であろうが間接的であろうが、とにかく比較対象が必要だ。そして、果たして彼らにそれを確認しておくような注意深さがあったかといえば、そこに議論は必要ないだろう。

「これは……、まさか……」

とはいえ、全ての者の能力や性質が均一なわけはない。貴族を始め、彼らの中ではインテリ層に分類される者達が、事態の深刻さにとうとう気がついた。

鏡面には実体があり、通り抜けることが出来ない。おまけに半端な衝撃では壊れないことも確認済みだ。さて、そんなものが上から降りて来たら、どうなるだろうか？

「魔法隊！　すぐに天井を破壊しろ！」

「はっ！」

副騎士団長は慌てて魔法隊に指示を出した。

「魔法隊！　目標、銀の天井！　全員構え！　三！　二！　一！　放てぇー！」

魔法隊長の合図で一斉に放たれ、天井の鏡面へと殺到した火の玉達。

ドドドドドドドドッ！

「なんだ!?」

群となった魔法が立て続けに連続で弾け、その爆音によって平民達もようやく天から迫った危機に気がついた。

「……駄目です！　びくともしません！」

人間同士の戦いであれば間違いなく一団を殲滅出来る威力。しかしその直撃を受けても尚、天井を塞ぐ鏡には傷一つ付かなかった。

「己……。仕方ない！　外に出るぞ！　前進！」

慌てて自分達だけ前進を始めた騎士や貴族達。

その様子を見ていた平民の中からも、ようやく状況を理解する者が現れ始めた。

「……そうか！　おいやべぇぞ！　このままだと天井に押し潰されちまう！」

「何？　何だ⁉」

「上だ！　潰されるぞ！」

ここになってようやく、討伐軍に参加していた全員が命の危機を理解した。側面の壁付近にいた者達は再び壁を叩き割ろうとしたが、全く壊れる気配がないこと改めて理解すると、諦めて走り始めた。それを見た者達も、逃げ道は正面しかないと判断して、先頭を走る貴族や騎士達の後を追う。

しかし現実は残酷だ。

「ぐぁ！」

先頭を走っていた騎士。

馬に乗り、一番最初に銀の屋根の下から抜け出そうとした男は、見えない何かにぶつかって落馬した。

「今度はなんだ⁉」

「壁です！　ここにも見えない壁が！」

「何だと！」

人は一つしかない希望を否定された時、他人の言葉を素直に信じようとはしない。最初の一人が派手な落馬を披露したというのに、それを見ていたはずの他の者達も、その横まで走っていって自分の手で触れて確かめ始めた。

「急げ急げ！」

先頭集団のやり取りを詳細に観察するだけの余裕も意志もない者達。

後ろから走ってきた彼らは、『こいつらはこんな時に何をやっているのか』と内心で小馬鹿にしながら横を通り過ぎようとして……、そして次々と見えない壁にぶつかっていった。

そんな調子で『境界線』のところに人が溜まっていく。

「何やってんだよ！　早く行けよ！」

「うるせぇ！　通れねぇんだよ！」

魔王の兜の奥が、密かに赤く輝く。

この時点で、鏡面は彼らの頭のすぐ上まで来ていた。

「駄目だ！　やっぱり壊れない！」

ついに頭の上まで迫った天井に、馬に乗っていた者達が最初に立っていられなくなった。彼らは馬から降りて剣で天井を突き始めたが、もちろんそれではヒビの一つも入りはしない。これが例えばガラスの天井であったなら、彼らはきっと諦めるという発想を放棄していたことだろう。それが破られることを前提とした虚構であることを、彼らは知っているのだから。

「どうすんだよこれ！」

「壊れろ！　壊れろよ！」

やがて天井は人々の頭部に達し、誰も真っ直ぐに立ってはいられなくなった。

「い、嫌だ！　死にたくない！」

「助けて！　誰か！」

「どけよお前！」

「うるせぇ！　お前こそ邪魔なんだよ！」

泣き叫ぶ者。

脱出する道を求める者。

自分を助けてくれる英雄の登場を懇願する者。

他の者達を押しのけて、自分だけでも助かろうとする者。

なるほど、絶望的な状況を前にしてその反応は様々だ。

そして誰もが膝立ちしか出来なくなった段階になって、一人の男がついに希望を見つけ出した。

「魔王！　いや、魔王様！　これは魔王様がやってるんですよね!?　助けてください！　お願いします！」

その声を聞いた者達が、はっとした顔で一斉に魔王の方向を向いた。彼はまだ剣を杖のように構えたままだ。

「そ、そうだ！　助けてくれ！　助けてくれたらなんでもする！　勇者も国王も好きにしていい！」

「私もだ！　金でも女でも、なんでも用意する！　他のやつはどうなってもいい！　俺だけは助けてくれ！」

「ずるいぞお前！　俺だ！　俺を助けてくれ！」

「テメェ！　自分だけ助かろうとしてんじゃねぇよ！」

「うるせぇ！」

魔王に殺到する命乞いと、狭い空間での醜い争い。

それはあまりにも見苦しく、後方で見ていた魔王軍の中からは、ついに耳を塞いで後ろを向く者まで出始めた。他の者達も思わず別の方向を見たりしている。

「……」

しかし魔王だけは別だ。

『そういうのは見慣れている』とでも言わんばかりに一切の反応を返さず、微動だにしない。

ただ彼らに対して、兜の奥から赤い瞳を向けるだけだ。

そして天井はついに、人間の膝ぐらいの高さまで降りてきた。人々が地面に這いつくばって必死に生にしがみつく。彼らに先行して、横向きに倒れた馬達が天井と地面に挟まれて潰された。

飛び散る血と肉。

飛び出る内臓と骨。

人間よりも力強く大きな馬体も、魔王の力には抗えない。近くでそれを見ていた者達は、同じことがもうすぐ自分達にも起こるのだと、嫌でも理解させられた。

「嫌だ……。嫌だァァァァァァァァ！」

「頼む！　助けてっ……！　助けてくれぇぇぇぇ！」

彼らの叫び声など意に介することも無く下がり続ける鏡面。仰向けになった者達はそこに映り込んだ自分と隣接距離で目を合わせた。天と底がひとつになるまで、あと少し。

「誰かっ！　誰かぁぁぁぁぁぁぁ！」

「助けてぇぇぇ！」

いよいよ寝返りを打つことも出来ない位置まで降りてきた天井。

しかし万を超える彼らの断末魔に引き寄せられるかのように、全く止まる気配は無い。

「うわぁぁぁぁぁぁぁぁぁぁぁぁぁぁ！」

そして――。

……グキョッ！

最初の一人が『割れた』。

ゴギョ、ガギョッ、グギョ！

メキョ、バキョグキョグチョメチョガキョ、ゴキョメキュメキバキュグチュグギョボギガキョゴキョゴキョゴキョ、メキョベキョ、ガキョドキョグチョドチュバキョバキメキボギョゴキョメキュメキバキュ、グチュグギョボギガキョゴキョゴキョグギョ、ガギョッ、メチョガキョ、ゴキョメキュ、メキメキ、ガキョゴキョボキボキボキグチョ、ガガガギョグチャビチャグギャギャギャギャギヤパキッバキンッ、ケショカキョミシッ、ミシミシミシッ、ゴキゴキゴキゴキゴキッ、パキュパキュパキュ、グシュルルルルゴリュゴリュゴリュゴリュゴリュ！

骨の折れる音。

肉の爆ぜる音。

控えめだった最初の一つ目の直後に二つ、三つと続き、彼ら自身の性根を示すかのように、雪崩を打って一斉に後に続いた。武器も、防具も、等しく耐えきれずにその形を変えていく。

頭蓋が砕け、脳髄が飛び出る。

眼球が割れ、血が吹き出す。

内臓はすり潰され、関節は押し潰された。

……彼らの信念によれば、多数派は正義だそうだ。なるほど、ではこれが正しい結果ということか。なにせ、彼らは一人残らず、全員がこの結果を選び取ったのだから。

一人はみんなのために。みんなは一人のために。そう言って人は他人を利用する。

しかし、もうそんな小さなことを気にする必要はない。

もはや元々が何の生物であったかも判別出来ないほどに姿を変えた血肉は、時間と共に狭くなっていく空間の中で行き場を求めて混ざりあい、圧され、そしてひとつになった。

かつて思想家達が夢見た理想。『それを実現するために、人は如何にしてひとつになれば良いのか』というその問いに対し、彼らはここに一つの明確な答えを提示したのである。

銀色の天井は無表情のまま大地へと到達し、天の底という伝統を否定した。それは、もしかすると魔王が呼び出した『友愛の天使』がこの世界に降臨した姿だったのかもしれない。彼女はきっと喜んでいることだろう。ひとつになった彼らが互いに争うことは、きっともう無いのだから。

「……まだだ」

「え？」

様子を見ていた魔族の殆どがこれで終わりだと思った直後、一人が動き始めた壁に気がついた。

銀の天井がゆっくりと上昇を始め、それに呼応するかのように側面の壁が内側へと動き出したのである。

「何をする気なんだ？」

先程は魔王の意図をすぐに察した魔族達も、今度は彼が何をしようとしているのかわからなかった。

「これは……、塔？」

銀と透明な壁で覆われた立方体の空間。それはその体積を保ったまま天に向かって細長く伸びていき、まるで神の領域に手を伸ばさんとするかのように、塔になった。

太さは人が両腕を広げたぐらいか。しかしその高さはこの世界のどんな構造物よりも高い。まるで神に挑むかのように、まるでこの世界の倫理と道徳を否定するかのように。

透明な壁面から見える内部では、万単位の血肉が蠢き、黄色い日光を受けて怪しく輝いている。

ギュル……、グシュルルルルル！

「なんだ？」

塔の内部、その根本で何かが回転し、内部を激しく撹拌《かくはん》し始めた。

いや、攪拌どころではない。粉砕している。魔王は透明な壁を新たに塔の内部に出現させると、それを刃の代わりとして回転させ、人間『だった』肉と骨を細かく切り刻み始めた。

「おいおい……」

「そこまでするのかよ……」

これには流石の魔族達も言葉を失った。ここまでする必要性が、いったいどこにあるというのか。しかし魔王が自分の力の限界を試すという目的を彼らに伝えていない以上、そう思うのも無理からぬことだろう。

内部を蠢く血肉によって、先程よりもきめ細かく日光を反射する塔。魔王は面のバランスを調整すると、今度はそれを斜塔にした。

方角は南南東といったところか？

そして――。

バシュウッ！

壁によって強引に押し込められていた血肉達。逃げ場を求めていたそれが、塔の先端から、まるで打ち出されたかのように勢いよく飛び出した。

「おおっ！」

大きな放物線を描いて、澱んだ空の彼方へと伸びていく赤。初めて見る光景に、魔王軍からも驚きの声が上がる。

「……」

そして魔王の兜の奥の赤い瞳は、ただその奥、放物線の終わりだけを見ていた。

†

「魔王と新たな勇者。これも縁《えにし》と言うことでしょうか」

聖地。それは王都から見て『南東』の方角にある、教会の本拠地である。

新たな勇者となったカインが大軍を率いて魔王討伐に向かったという情報を得た教皇グレゴリーは、自室で『その後』のことを考えていた。

ヒロトという無能を除き、この世界の歴史において勇者が魔王に敗退したことはない。それどころか、苦戦したという記述すら存在しない。故にグレゴリーは、勇者カインが魔王に勝利するという前提で考えを始めていた。もしも勇者が敗北した場合にどうするかを考えるのは、それが纏まった後でいい。

（ヒロトは、勇者と異世界人の肩書以外には見どころのない人間でしたが……。さて、カインが相手となれば少々厄介ですね）

単体戦力という点において、教会は王国に対抗できるような駒を保有していない。だからこそ、この十年の間、ヒロトは国王でいられたわけだが、別の言い方をすれば、それはつまり勇者の力以外にこちらが手を出せない理由を、彼は持っていなかったということだ。

しかしカインは違う。

グレゴリーに多大な影響を与えた先々代国王ファタルと比較すれば大幅に落ちるとは言え、その脅威度はヒロトと比べるまでもない水準にある。

赤い瞳の一族。

この世界で政治的な側面から自分達の勢力の維持拡大を考える者達にとって、それは一つのブランドだ。常勝とも圧勝とも無縁、しかしそれで尚、王族という人間界の二大最高権力の片方を維持し続けてきた者達。

カインが玉座を失ったのは彼がまだ若く未熟であったことと、グレゴリー自身が先々代国王のやり方を参考にしていたこと、そして勇者という武力面での絶対的な切り札があったからだ。その三つの内の一つでも欠けていれば、カインはこの十年間も国王のままだっただろうとグレゴリーは思っていた。

もしもカインがあの時点で既に成熟していれば、ヒロトや他の者達をこちらの思い通りには動かせなかったであろうし、グレゴリーがファタルという御手本を知らなければ、攻め手に悩んだことだろう。そしてちょうどいいタイミングで勇者ヒロトがこの世界に現れなければ、クーデターの途中で押し返されていたはずだ。

（有能な味方を全て失っているとはいえ、その代わりとして、カインは勇者の力を得た……。さて、どうしたものか）

グレゴリーは無数の皺が刻まれた手で紅茶の入ったカップを掴んだ。使われているのは、この聖地で取れた茶葉である。この世界では、取れて間もない茶葉を使った緑茶が最も上等とされ、発酵が進んだ紅茶は一番格下の扱いだ。

教皇となった今ならば、最上級の茶葉など望めば幾らでも手に入るというのに、しかし彼は若い頃から変わらぬまま、一番安い茶を選んで飲んでいた。高級品とされる砂糖も、鮮度の高いミルクも無しで、だ。

（先々代……。そうか、ヒロトを数えるのならば、先々代はファタルではありませんね）

グレゴリーはこの時になってようやく、自分が勇者ヒロトを国王として認めていなかったことに気が付いた。カインの前の国王はヒロト、そしてその前の国王はカインだったのだから、この世界の慣例に従って数えるのなら、カインの二代前はカイン自身ということになる。

しかしグレゴリーはずっと、カインの祖父であるファタルを先々代国王として考えてきた。それはつまり、国王は十年前からずっとカインのままだったと認識していたということだ。

「紛い物では、時代は変わらないか……」

わかっていたことだ。

目先の欲求に翻弄される者に、新たな時代は切り開けない。勇者の力だって、所詮は使える札の一枚でしかない。苦渋と辛酸に打ち勝つだけの忍耐力、そして失望と絶望を乗り越えるだけの決断力と行動力がなければ、望む未来など……、永遠に訪れはしない。

部屋で独り、考えを整理していくグレゴリー。やがてポツポツと雨音が聞こえ始めた。

（攻撃力は圧倒的な勇者も、防御力に関しては普通の人間とそうは変わらない。周囲を守る味方がいない今なら、暗殺という選択肢も……）

十年前は勇者ヒロトや騎士団長アーカムを唆《そそのか》し、密かに支援することでカインを玉座から引きずり落とした。ヒロトが余計な欲を出してカインを生かしておいたりしなければ、こんなことにはならなかったのだが、今になってそれを言っても仕方がない。

「台下！　大変です、外が！」

「……外？」

一人の司祭が、慌てた様子で部屋に飛び込んできた。普段、グレゴリーの周囲の世話を担当している男だ。仮にも一人前の司祭である彼がノックも無しに入ってくるというのは、相当な事態なのだろうとグレゴリーは直感した。

彼の言葉に釣られて窓の外を見る。

「これは……、雨が……、赤い？」

先程からポツポツと振り始めていた雨。その色は、確かに赤黒かった。……いったい何が起こっているのか。状況を確認しようと、グレゴリーは早足で建物の外へと向かった。

「雲は出ていないのに……、なぜ？」

雲一つ無い、澱んだ黄色の空。それにもかかわらず、その蓋で塞がれたような天井からは、赤い雨が静かに降り注いでる。

不気味な現象を前に、聖地の住民達は皆が戸惑い、怯えている。落ちた雨粒は街を赤黒く染め、そして何かを大地に残していた。

「エシックスの雨、ですか」

「ニトロさん……」

教会の入口で天を見上げていたグレゴリーの背後から、処刑器具の点検を中断した司教ニトロがやってきた。……きっと彼もこの空を見に来たのだろう。

「かつて神の命を受けてこの世界を生み出した『創造竜』エシックス。しかしやがて正気を失ったエシックスは世界を壊そうと行動を始め、最後は神によって打ち倒された」

ニトロはグレゴリーの横に並ぶと、一緒になって赤い雨の降る空を見上げた。教皇であるグレゴリーと一介の司教でしかないニトロでは、その地位は対等なはずがないというのに、しかし二人はまるで同志のようだ。

「敗北した創造竜は全ての血を失った。そしてそれらは赤い雨となって世界に降り注ぎ、新たな時代の到来を告げた。原初の黙示録、第八章三節……。ニトロさんはこれがそうだと？」

「さて、どうでしょうね？　ですが……」

ニトロは地面に落ちて糊状になった雨を指で掬い取った。親指と人差し指で感触を確かめてみると、ぶよぶよとした中にザラついた感触がある。

「赤いのが血であるのは間違いないとして、これはおそらく細かくされた肉と骨です。何の肉と骨かまではわかりませんが、エシックスの雨になぞらえる以外にこんなことをする理由が見当たりません。そうでなければ、わざわざこんな手間を掛けるでしょうか？」

……ニトロは嘘をついた。

彼はこれが人間の肉と骨であることを既に見抜いている。しかし、司教ニトロという人物はそんなことが出来る人間ではない。

故に、『彼』は嘘をついた。

「新しい時代が来る……。これをやった犯人はそう言いたいのかもしれません」

これは本音だ。ニトロは、犯人が新たな時代を欲しているのだと感じていた。

秩序か、混沌か、あるいは静寂か。

彼は横目で、隣の老人を見た。この男もまた、次の時代を求めているのだろうか？　それはいったいどんな形で？

グレゴリーはそんなニトロの疑問に答えるかのように口を開いた。

「宣戦布告、という可能性もありますね。あるいは……」

そして老人は力無く笑った。

数秒だけ目を閉じ、そして再びその口を開く。

「女神様が我々に、新たな時代を作れと仰っているのかも」

「……」

何かを決意したような瞳。

そんなグレゴリーを見たニトロは、何も答えなかった。いや、答える必要がなかったと言った方がいい。

教皇である彼が、心の中で何を決断したのかなど、もはや明白だったのだから。

第三章

『王の帰還』

王国内の北東地域。

とある貴族の領地には、この地域周辺の貴族達が戦力を結集させていた。

「さてお前達、準備は出来ているな？」

「はっ。もちろんです、『陛下』」

広間に集まった貴族達が、カインの前に跪く。

「他の地方貴族達も、我らの動きに呼応して、王都へと戦力を差し向ける手筈になっております」

ここにいる分も含めて貴族達を取りまとめた男、辺境伯フランキアがわかっているといった様子で答えた。かつてのカイン同様に、先代の急逝で若くして当主となった二十代の青年。その瞳には隠しきれない野心が漲《みなぎ》っている。

東の地を拠点とする罪飼いの一族の下を密かに抜け出したカインに同調し、戦力を掻き集めた地方貴族達。つまりは『反ヒロト派』。

この十年の冷遇によって力を大幅に削ぎ落とされていた彼らは、魔王討伐軍の派遣で王都周辺の戦力が空になったこのタイミングを狙い、『打開』を図ろうとしていた。

時代は変わったのだ。

与えられた爵位が地位と力を保証する役割を果たしてくれることなどなく、それはただ大きな負担を強いるための口実でしかなくなっていた。故に彼らが求めているのは名目上ではなく、実体としての影響力拡大だ。だからこそ、この時点をもって、彼らは『反ヒロト派』から『カイン派』へと看板を変えたのである。

「王都にはもう碌な戦力が残っていない。殆ど無血開城に近い形になるだろう。残っている王都民も話にならないからな」

カインは吐き捨てた。

この十年間、国王ヒロトの治世下で王都は生産能力のほぼ全てを放棄し、その殆どを地方や、あるいは聖地を中心とする教会系の土地に頼っていた。つまり彼らは自分達だけで独立した勢力を維持するだけの能力を、既に持っていないのである。さらにはこれまで頼りにしていた軍事力も、二度の魔王討伐失敗によってその殆どを失った。

まさしく千載一遇の好機。ここで攻めないで、いったいいつ攻めるというのか。

「陛下」

「なんだ?」

貴族の一人が前に進み出た。

「恐れながら、教会の者達も我々の目論見には既に気がついている様子。先日申し上げました通り、平民の中でもまともな者達は、この十年で大半が聖地へと移動しております故、もしかするとこれを好機として動いてくるかもしれませぬ」

「ああ、わかっている。最悪は教会との全面戦争も有り得る話だ、王都を取った後はすぐに準備を始めるぞ」

「はっ！」

教皇グレゴリー。

自分が元々いた世界の常識で物事を推し量っていた勇者ヒロト、あるいは現実よりも妄想を優先するような者達とは異なり、彼は非常に手強い相手だ。

カインは軟禁されていたこの十年で、彼こそがクーデターの黒幕であるという結論に辿り着いていた。どう考えても、勇者ヒロトや騎士団長アーカムにクーデターを主導することなど出来そうにない。そしてそれを抜きにしても、あの時に使われた五つものギロチン台を用意することが可能だったのは誰かという観点で考えれば、おのずと答えは見えてくる。

そんなことが出来る立場にいるのは、あの男ぐらいのものだ。

ヒロト達を背後から唆かしてクーデターを起こさせ、王都を堕落の街に変えると同時に、この十年で有望な人材を片っ端から自分達の領地へと引き込んだ。具体的な数字は調査しなければわからないにしても、純粋な国力で言えば既に向こうが上回っていることはまず間違いない。

こちらが優位に立っているのは、カインという勇者の存在ぐらいか。

（俺への対抗策と大義名分に目処が立てば……、いよいよぶつかるだろうな）

仮に勇者の力を使わずに彼らと戦うとなれば、間違いなく勝てないだろう。カイン側の戦力になりそうなのは疲弊した地方貴族達とその民、そして究極の衆愚でも目指しているとしか思えない王都周辺の大衆だけだ。まともに戦えそうなのは前者だが、しかしそれでも地力が違いすぎる。

相手は武僧や腕に覚えのある平民達、さらに職人達も大半が流出しているから、装備の質も向こうが上だと考えていいだろう。全ては有事への備えを怠った結果だ。

（そもそも、グレゴリー自身が武僧系の派閥の長だ。となると教会系の戦力は殆ど全てが奴の思い

通りに動くと思っていい）

全面戦争。

カインの脳裏にその言葉がちらつく。

……勝てるだろうか？

「とにかく、まずは王都だ。最速で行くぞ」

「はっ！」

「いきなり王都民を殺したりはするな？　奴らにはまだ『使い道』がある」

魔王討伐軍を引き連れて王都出発した『勇者カイン』が、『国王カイン』として地方貴族軍を引き連れて王都に到着したのは、この数日後である。

†

「おいおい、なんだなんだ？」

騎士団を始めとして、戦力の殆どを外に出してしまった王都。

十年前から既に悪化し続けていた治安が、取り締まる者達の不在でさらに悪化した街。

地方貴族軍を引き連れた『国王』カインは、その中を真っ直ぐに王宮へと向かって移動して行った。

「なんですか貴方達は⁉　ここは王宮ですよ！　不敬です！」

「それはお前だ」

ガシュ！

「――！」

先頭を歩いていたカインは、偶然入り口の辺りにいた侍女を容赦無く聖剣で斬り捨てた。それを見ていた者達が思わず息を呑む。十年前の『国王カイン』であれば、まず考えられない行動である。

「キャアアアアアアアア！」

「カ、カイン様!?」

突如として王宮に現れた武装集団によって侍女が斬り捨てられたことで、王宮の者達が騒然となり始めた。

しかしカインであることに気がついたのか、彼らは近付こうとした足を止めた。

今は彼らに用はない。幾度となく通った通路を通り、カインは地方貴族達を引き連れて玉座のある謁見の間へと向かった。

バンッ！

勇者の力で身体能力を強化されたカイン。彼が謁見の間の扉を勢いよく蹴破ると、中にいた人々が一斉に彼の方を向いた。どうやら謁見の間ではちょうど政務が行われていたらしい。

両脇の壁に立つ数人の兵達。

玉座の前に跪いている神官。

横に立っている宰相オルガ。

そして二つ並んだ玉座についている王妃アシェリアと――。

「なんだ、お前は!?」

アシェリアの横、本来は国王が座る場所にいた少年が声を上げた。カインも初めて見る顔だ。年齢はまだ十代に達していないだろう。

（ああ、なるほどな）

ヒロトは既に玉座に座れない体だ。となると、つまりこの少年がその後釜ということか。

この少年の視点から見れば『もうすぐ王様になる自分の前に、いきなり無礼者達が現れた』といったところだろう。

「カ、カイン様！　お早いお帰りで……」

オルガが慌てた様子でカイン達に近づいてきた。

この状況を見れば、彼らが何をしていたかは明らかだ。カインの後ろにいたフランキアは鼻で笑いたくなった。

そうだ。人はワインを出せと叫び、そして出てきたワインを見て自分が求めているのはパンだと言い始める。勇者カインに対しては『魔王討伐後は是非とも国王への復帰を』と言いつつ、裏ではヒロトとアシェリアの子を王に出来るように、教会と話をしていたわけだ。

最後は状況を見て、どちらかを切り捨てて勝ち馬に乗るつもりだったと見ていい。

しかし、まさかカインがこれほど早く戻ってくるとは思わなかったのだろう。せめて、カイン達が王都に到着したことを急いで知らせる者ぐらいは、用意しておけば良かったものを。

カインは宰相の問いには答えることなく、玉座まで進んだ。

「……」

跪いていた神官も即座にこの状況を理解したらしく、口を出さないことを選択した。

当然だ、ここでカイン派とヒロト派が争ってくれれば、教会が漁夫の利を得ることになるのは明白。それに、勇者となった今のカインを止められるような戦力を、彼らは持っていない。

カインを王にする気は一切無いアシェリアとその子供。

カインを王にして巻き返しを図ろうとしている地方貴族。

どちらか都合の良い方を選ぶつもりでいる宰相と神官。

それぞれの思惑はしかし、彼ら自身によって成就することはない。決めるのはあくまでもカインだ。

「どけ。今回だけは特別に見逃してやる」

玉座に座ったままの少年の前に立ち、それを見下ろしたカイン。

相手はまだ子供だ。大人同様にいきなり首を刎ねるのも流石にかわいそうだと思い、彼は少年に玉座から降りるように促した。

しかし——。

「ふざけるな、平民のくせに！　僕は王子だぞ！　それにもうすぐ王になるんだ！　お前達、この無礼者を今すぐ殺せ！」

……流石はヒロトとアシェリアの子だと言ったところか。自分達が特権階級であるということが、結果ではなく前提だと思い込んでしまった者によくある態度だ。元々の才覚は置いておくにしても、少なくとも教育は完全に失敗だったと判断していいだろう。

「その通りです。王とは王の子が成るもの。この子以上に王に相応しい者はいません」

横に座った母親に肯定されて安心する子供。少年は、それ見ろと言わんばかりの顔でカインを見上げた。しかしカインがそれよりも気にしていたのは、背後から感じる神官の視線だ。

彼がここで見たことを、後で教皇に報告するのはわかりきっている。つまり前向きに考えるならば、教会側の動きをここで多少はコントロール出来るということだ。

流石にこうなってしまっては、子供を殺すのは気乗りしないなどとは言っていられない。本来ならば、こうなる前にアシェリアが降ろすべきなのだろうが、彼女自身がこの少年を次の王にする気なのだから、仕方がないと諦めることにした。

美学や哲学というのは、必ずしも幸福論を含まない。そしてそれは倫理や道徳も同じだ。人間の中には、物事の好き嫌いで行動しない者もいる。

しかし普通の人間は永遠に自力で空を飛べないのだから、鳥の考えることを感覚の段階から受け入れることは出来ない。

……理解を求めるのはナンセンスというものだ。

輝く赤い瞳。カインは聖剣を抜くと、そのまま目の前の少年の首を刎ねた。

「マヒロト！」

鮮血が飛び散る。

どうやら少年の名はマヒロトというらしい。なるほど、父親の名前に文字を加えたわけか。この世界の住人の感覚でいえば非常に変な名前なのだが、カインはそれが異世界人であるヒロトの影響だと結論付けた。きっと特別感を演出したかったのだろう、と。

「邪魔だ」

カインは首を失った王子の体を掴むと、無造作に見えるように注意しながら投げ捨てた。続けて切り離した頭部も一緒に放り投げる。

カインと一緒にやってきた貴族達からは、少し遅れて小さなどよめきが上がった。こうなることを予見していたのは、神官と辺境伯フランキアの二人だけだ。そして彼らは当然、これが内外に対する政治的なパフォーマンスであることを理解している。例えばここにカインと王子の二人しかいなかっただとしたら、おそらくこうはなっていなかっただろう。

「マヒロト！　マヒロト！　なんてことを⁉」

息子の遺体に駆け寄るアシェリア。彼女に自分の対応が不味かったという自覚はない。

罪悪感。

自分の中にまだ良心の類が残っていることを感じながら、カインはアシェリアの座っていた椅子を蹴り飛ばしてから玉座に座った。フランキアが跪き、他のカイン派の貴族達もそれに倣う。

オルガとて、その行動の意味がわからないわけではない。彼もまた、慌てて跪いた。予想以上にとんでもないことになったと、大量に汗が吹き出す。

そう、ついにひっくり返ったのだ。

十年前、カインの血筋は平民に落とされ、そしてヒロトの血筋が新たな王族になった。

十年後、カインの血筋は再び王族となり、そしてヒロトの血筋は平民へと戻された。

……つまりそういうことだ。平民の子供が玉座に座ったというのだから、ここで殺さなければ舐められる。

「そこの神官」

「はっ！」

「見苦しいところを見せたな。話は俺が引き継ごう」

視界の片隅に少年の遺体を入れながら、ここは敵の眼前、無理をしてでも傲慢に振る舞って見せねばならないと、カインは内心で自分に言い聞かせた。

教会はこちらの事情全てを把握しているわけではない。こちらが既に一戦交える腹を決めていることは知らず、よって打算的な友好関係の選択肢をまだ残しているはずだ。少しでもこちらに有利な条件で開戦に持ち込まねばならない。

「おい、その五月蠅い奴をつまみ出せ。死んでるのも一緒にだ。それで？　何の話をしていた？」

カインは横に立っていた兵達に指示を出したのだが、彼らが戸惑っているのを見たカイン派の貴族が自分の配下にそれをやらせた。これで少しでも覚えが良くなればいいとでも考えたのだろう。

泣き叫びながら連れて行かれるアシェリア。しかしカインが彼女の方向を見ることはない。

「はい、それはもちろん次の国王に関してです。即位式には教皇台下も出席いたしますので、その日程調整もあります故」

宰相オルガの動きが一瞬固まった。そしてその横で話を聞いていたフランキアは、これがカインにすり寄る発言だと即座に看破した。ヒロトの子はもう一人いるはずだが、それを王にするのは諦めたということだろう。

同時にこれは、この神官が教皇からそれ相応に信を置かれていることの証明でもある。そうでなければ、教皇の判断を仰ぐために一度持ち帰るはずだ。

「お前、名はなんという？」

「は、聖地で一介の司教をしております、ニトロと申します」

「ではニトロよ、帰って日程調整は不要だと伝えろ」

「……と言いますと？」

「王は十年前から俺のままだ。……少々不測の事態は生じたがな」

「……なるほど。では台下にもそのようにお伝えいたしましょう」

この世界では本来、教皇は猊下《げいか》と呼ばれる。台下はその一段下の役職者達に対して使われている呼び方だ。しかし教会内部の後継者争いを制したグレゴリーは、政治的な思惑で今も自分自身を台下と呼ばせていた。過去の教皇の中には、猊下どころか聖下と呼ばせるほど自己顕示欲が強かった者すらいたのだが、それとは対照的だ。

自身の精神的充足よりも損得を優先する男。それが今代の教皇であるグレゴリーに対するカインの印象である。

「ああ」

カインは少し曖昧な声で答えた。

王として十年の空白。果たしてどこまで上手くやれるかと内心で冷や汗をかきながら、カインは尊大な国王を演じていた。

だが、普通はこの程度の使者に名など聞かない。わざわざ確認したのは、彼が教皇に近い位置にいる可能性を考えてのことだ。

(少しでも敵の情報が欲しかったが……、流石に露骨過ぎたか?)

高僧というのは、非常に政治に長けている。いや、それよりも政局に長けていると言った方が正しい。なにせ、この世界で最も激しい権力闘争は教会の内部で起こっているのだから。

それを勝ち抜いて高位の地位に就くような者達が、まさかその手の話に疎いわけがないではないか。目の前にいる男の階級は司教。ずば抜けて高位とまではいかないが、大半がその下の司祭までで終わることを考えると、十分に手強い相手だと判断していいだろう。

(久しぶりの玉座で早速やらかしたな……)

カインは錆付いた感覚を過信した自分を戒めた。十年も前線から離れていれば衰えるだろうとは思っていたが、その下げ幅の大きさを侮っていたことは否めない。

かつてのクーデターで、勇者ヒロトや騎士団長アーカムを使ってあっさりと自分を叩き落した強敵。それと直接対峙しようというのなら、尚更だ。

(勇者の力に胡座をかけば足元をすくわれる。ここからが勝負か)

攻める側としては世界最強クラスの力を手にしたカインも、守りに関しては心許ない。あの教皇なら、間違いなくそこを突いてくるだろう。

暗殺、奇襲、騙し討ち。

どれも教皇や教会の権威を貶めるような選択肢ばかりだが、しかしあの男なら躊躇わず実行すると、カインは確信していた。

油断や隙のある方が負ける。だとすれば、強力無比な勇者の力も、勝敗を左右する切り札の内の一枚でしかない。

（だが……、十年前ほど簡単には負けてやらんぞ）

背を向けて謁見の間を去っていく司教ニトロを見ながら、カインは内心で宣言した。そう遠くないうちに、彼らとは戦場で相見えることになるだろう。そしてどちらかが滅ぶことになる。

……そうだ。

この世界には、どこを探しても王道などない。

平和への道はただ一本、覇道だけなのだから。

†

「これは……、予想以上に酷いな……」

王の執務室。そこで一人、財務関係の資料を見ていたカイン。

部屋には誰もいないというのに、彼は思わず呟いた。

かつて歴代の財務大臣達が関係各所の不興を買いながら切り盛りしていた、この王国の財政。それがヒロト達によるこの十年によって、見るも無残な数値へと変貌を遂げていたからである。

（平時なら五十年は持つはずだった蓄えが、まさか十年で全部無くなっている上に、借金までしているとは……）

かつてカインの下で財務大臣をしていたゴールがこれを見たら、彼はいったいどんな反応をするだろうか？

毎年の収支は元々ギリギリだったので、気を抜けばすぐに赤字になるというのはまだわかる。しかしそんな中で必死に積み上げてきた蓄えが丸ごとなくなっているとは。

(王領内の生産活動が文字通り完全に止まっている……。必要な物資は本当に全て他から買っているのか)

これが虚偽の資料であってほしいと思ったカイン。しかしこういう部分に関してだけはしっかり仕事をしていたらしく、何に金を使ったのかが細かく書かれていた。

……現実から目を背けるわけにもいかない。

(普段の生活費が俺の八百倍か……)

『王が貴族や平民、ましてや教会に舐められたら、この国は崩壊する』と言われて、カインは内心でビビりながら金を使っていたものだが、彼らにはそんな遠慮は無かったようだ。当時のカインの生活費だって、結構な金額だったはずなのだが……。

ヒロトにせよアシェリアにせよ、あるいは他の妻達にせよ、一度覚えた贅沢は止めることも抑えることも出来なかったらしい。

それとも最初から止める気などなかったのだろうか？

「……王都民手当？　なんだこれは？」

項目を一つずつ確認していったカインは、見慣れない単語を見つけた。

（そうか……。そういえば、ヒロトは王都民全員に、生活費を支給していたんだったな）

これがそれかと納得したカイン。

どうやら、ヒロトはこれで民衆の心を引きつけようとしていたらしい。そりゃあ砂糖菓子を与えれば喜ばれはするのだろうが、それで健康を維持することはまず不可能だ。カインは先日の魔王討伐に参加した者達を思い出した。

カエルを水に入れてゆっくり熱すると、カエルは逃げずに最後まで茹でられるらしい。ここまで甘やかされてしまえば、魔王という脅威が目の前にいても『自分だけは大丈夫だ』と考えるのも不思議は無いかもしれない。

（……いや、やっぱり無いな）

ヒロトが元の世界から持ち込んだのが、実際には『民主主義』ではなく『民主主義モドキ』だったことを、カインは知らない。しかしそれが本物であろうとなかろうと、この世界ではまだ採用できない主義主張、そしてシステムだという判断は、決して間違ってはいなかった。

別にカインがこうして玉座を取り返さなくとも、ヒロトの王政はもう限界寸前だったわけだ。

積み上がった借金の金額からすると、こんな政策をこれ以上続けることは出来ない。ヒロト派の貴族達ならば、神輿としてまだ勇者ヒロトを利用し続けたのかもしれないが、しかし教会は用済みになった男を放置してはおかないだろう。

彼には勇者の力があるとはいえ、それは聖剣抜きでは使えない。寝ている隙にでも聖剣を奪ってしまえば終わりだ。

（いや、そもそも今のヒロトは剣が持てないのか）

ヒロトは既に両腕両足を失っている。聖剣を握る手を持たないのであれば、勇者の力を行使するのは不可能だ。

手は手でしか洗えない。たとえ口で剣をくわえたとしても、力は発動しないのだから。

（……待てよ？）

カインはそこで記録をめくる手を止めた。

教会にとってヒロトの利用価値が無くなる時期が近づいていたということは、彼らは当然、次の神輿候補を検討していたはずだ。

大義名分の作りやすさから考えると——。

（地方貴族の中に、教会とつながっている奴がいるかもしれないな）

カイン派を名乗る前は反ヒロト派と呼ばれていた彼らである。ヒロトを引きずり降ろした後で一番使いやすいのは間違いないし、カインだってそう判断したからこそ彼らをここまで連れてきたのだ。

（……今のうちに、他も確認しておくか）

借金まみれの財政に嫌気がさしたカインは、蔵書が置いてある図書室へと向かった。

（誰もいないのか……）

カインが十年振りに訪れた図書室には、誰もいなかった。以前はこの場所に司書が一人常駐していたのだが……。これでは図書室というよりも書庫という方が適切か。

受付には椅子が二つ。一つは司書用で、もう一つは場違いに豪華だ。しかしどちらも埃を被っている。当然だ。最後に使われたのは十年前。司書をしていたシュメールが突如失踪したのは、それよりもさらに数年前に遡るのだから。

受付の下にある隠し棚には、彼女がこっそり収集した、いかがわしい発禁本が並んだままだ。当時は攻めと受けがどうとか言っていたが、カインには未だに何のことかわからない。これを残したままでは死ねないと言っていた彼女は、今どこで何をしているのか。

主の帰りを待ち続ける椅子と待ち続けた椅子。カインには後者の赤が、酷く薄汚れて見えた。

人は発展と衰退を繰り返しながら、しかし緩やかに成長していく。成功しかしない人間などいないし、失敗しかしない人間もいない。

過去から何を学ぶか。

何を学ぼうとするか。

カインにはこの誰もいない図書室が、王都の人々の姿勢をそのまま示しているように思えた。

自分の足跡が残るほどに埃被った部屋の中を進む。足跡を辿られると困るので、まずは軽く床や本棚を掃除することにした。

部屋を掃除する国王。

こんなところを誰かに見られたら、舐められるのは確実だ。

（あいつらも苦労してたんだな……）

かつて十代で即位したカイン。最後は教皇に唆されたヒロト達に引きずり降ろされてしまったとはいえ、当時はなんだかんだでそれなりに国が回っていた。

それが誰のおかげによるものか、今のカインならばよくわかる。

カインを救出しようとして死んだ者達、そして王やこの国の名を叫んでギロチンの刃を受けた者達。彼らは間違いなく必要な人材だった。

『確かにまだ未熟なところはあれど、歴史上稀に見る善王ではありませんか！』

財務大臣ゴールの言葉がカインの脳裏に蘇る。

彼らはきっとわかっていたのだろう。まともに教育も受けていない標準的な人間というものが、善意の脅迫を受けなければどうなるのかを。宗教という、一番手っ取り早い教育が果たしてきた役目を軽視すればどうなるのかを。

厨房に忍び込んで盗み食いをしたり、扉をノックだけして逃げたりと、子供時代のカインは王族としての教養に大して興味を持たなかった。本来のカインには威厳も品格も無い。だがそれでも尚、彼らの目には善性に映ったのだ。

汚れきった世界を知って、そして腐った人間達を見て大人になった彼らには。

愚を極めたような多数と、そんな世界を必死に否定しようとする少数。あるいはそれが、本当の意味での世界の歴史だったのかもしれない。彼らは王や国に対する忠義では無く、もしかすると自分自身の信念で行動していたのではないだろうか？

だとすれば、この国のために腐心していた彼らを忠臣と呼ぶのは、むしろ侮辱かもしれない。

彼らは単に、人間はこんなに愚かではないと、世界はもっと美しいはずなのだと、それを証明したかったのではないだろうか？

（今となっては全て手遅れか……）

善と有能に敗北が無いわけではないし、悪と無能に勝利が無いわけでもない。

彼らは死に、そしてカイン陣営は敗北した。

……それが現実だ。

並んだ棚の中から、カインは探していた本を見つけた。『この本は盗作です』というタイトルの本だ。

もちろんこれはそういう題名をつけたというだけで、中身は完全なオリジナルである。中身を読めばその題名になった理由はわかるし、後書きでもわざわざ説明がしてあるのだが、当時は本気でこれを盗作だと思った人々から非難が殺到したそうだ。

『殆どの本はタイトルしか読まれていないのではないか』とか、『単にオブジェとして買われているだけではないか』という議論まで巻き起こしたらしい。

しかしその後に発生した事件が、この本を本当の意味で歴史的な一冊の地位へと押し上げた。

『本を出版した者は何を言われても文句は言えない。そして作者に対しては何をしても許される』

そんな主張を大義名分に、作者とその家族が私刑によって無残に殺されたのである。

こんなものは小説ではない、文学のわからない者は生きる価値の無いクズだ、という『正義感』の下、まだ幼い子供を含む四人を、大の大人数十人が取り囲んで撲殺したそうだ。なるほど、文学を好む者は例外なく傲慢であるという言い分も、もしかするとそれほど間違ってはいないのかもしれない。

最後は鎮圧、即ち犯人達の死で終わったとされているが、この事件の影響によって知識や教養を得ることは悪だとする主義主張が台頭し、ただでさえ低かった教育水準はさらに急降下した。

それ以降は自分の本を出版しようとする者も一気に減ってしまい、産業としての出版業は今日に至っても尚、復活していない。

カインはその本を開き、栞《しおり》代わりに挟まれていた薄い金属製のプレートを取り出した。

そしてかつての人々がそうしたのと同じように、彼もまたその本を読むこと無く棚に戻した。

これでもうここでの用事は終わりだ。十年振りの来訪者は、過去の記憶が並べられた部屋を後にした。その足で、今度は地下の宝物庫へと向かう。

人に見つからないように、しかし見つかった時は怪しまれないように堂々と。

そしてカインは宝物の無い宝物庫を訪れた。

売れる物は全て売りつくして空になった部屋。彼はその遠慮のなさに少々戸惑いながらも、先程図書室で手に入れたプレートを持って目的の場所への『入口』を探した。

（……ここか）

魔法が付加されたプレートが仄かに光る。

地面にプレートを触れてみると、床の石がゆっくりと動き、さらなる地下へと続く隠し階段が姿を現した。

代々、国王にだけ存在が引き継がれてきた隠し部屋。カインは階段を降りた先にあったその部屋へと足を踏み入れた。来訪者を確認した灯りが、その役目を思い出したように点灯した。

石で囲まれた辛気臭い通路を抜けた先にあったのは、周囲と同じ材質で作られた台座と、その上に乗せられた一冊の本だった。どうやらここは被害にあってはいないようだ。

カインは早速それを手に取ると、中身を確認し始めた。魔法による保護でもされているのか、紙がやけに真新しい。

（秘密守りの一族……。なるほど、やはりそうか）

国王が変わる際、先代からの申し送り事項は基本的に口伝によって行われる。

しかし中にはカインの時のように先代の急逝によりそれが不十分であったり、あるいは国王にすら迂闊に知らせるわけにはいかない情報もあったりする。

それらを含めて、申し送り事項を完全に網羅する役目を果たすのがこの本だ。

歴代の王達が、その時代で重要と思われる情報を書き込んで、後世の王に残す。まさに赤い瞳の一族の集大成と言っていいだろう。黒一色の装丁の本には、カインが求めていたものを含め、まだ知らない情報が幾つも書き込まれていた。

歴史の裏側では勇者や魔王、それに教皇や貴族達が王族を引きずり降ろそうと画策したことが何度もあったらしいが、しかし全て察知して防ぎきったそうだ。

我が先祖ながら大したものだと舌を巻く。今代の教皇グレゴリーをも容易く手玉に取れそうな人間が、何人もいるではないか。

カインは、赤い瞳の一族としての自分がいかに凡庸であるかを思い知らされた。玉座を奪われた者など、一族の中でも自分が初めてではないだろうか？

（まあいいさ。無い物ねだりしてもどうにもならん）

配られた手札で戦うしかない。

そんなことを考えながら、全ての申し送り事項を確認し終えたカインは隠し部屋を後にした。自分の行動をカモフラージュする意味も兼ねて、今度は城の地下牢へと向かう。

そこには現在、ヒロト本人を始めとした王宮内の『ヒロト派』が全員入れられているはずだ。

もっとも、ヒロト派の子女は全て人質部隊として徴兵したので、ここにいるのは大人だけだが。

自分もいつ殺されるのかと緊張した様子の牢番に案内させ、カインは一番奥の牢の前に立った。

「気分はどうだ？　ヒロト」

両手両足を失った前勇者ヒロト。

「お前は——！」

アシェリアに膝枕をされて寝ていた彼は、声を掛けてきた相手の正体がカインだと気がつくと、顔だけをカインの方向に向けた。

「よくもやりやがったな！　今すぐここから——」

今すぐここから出せ。そう言おうとしたヒロトは、唐突かつ強烈な既視感に襲われた。

……なぜだろうか？

途中で発言を打ち切ったヒロトに、何かあったのかと周囲の視線が集まる。

「い、今すぐ僕達をここから出せ！」

しかし結局何も思い浮かばなかったらしく、ヒロトは改めて言い直した。それを聞いて、隣の牢に入れられていた財務大臣トリエールと宰相オルガが静かに息を呑む。

いや、『元』財務大臣と『元』宰相か。

彼らとしては、今すぐにヒロトの口を塞ぎに行きたいが、入れられている牢が違うのではそれは出来ないし、迂闊に声を上げてカインの注意を引くのも御免だ。

カイン達が王宮に到着してから彼らがこの牢屋に入れられるまで、時間には若干の猶予があったのだが、その間に逃げ出そうとしたり命乞いや点数稼ぎをしようとしたりした者達は、全て復権した国王の不興を買って斬り殺されている。

彼らだって本当はここで助命を願い出たいが、今のカインはそう容易な相手ではない。十年前までのように、気に入らない相手の話でもとりあえず我慢して聞いてくれるような寛容さは持っていないのである。

「ああ、それなら心配するな。もう少ししたら出してやる」

「本当ですか⁉」

にわかには信じ難い国王カインの言葉。それを聞いた周囲から安堵の声が漏れた。

しかしオルガやトリエールを始め、カインの言葉の意味に気がついた者達は静かに戦慄した。

逃げ出すことも許さず、わざわざ自分達をこの場所に閉じ込めたのだ。まさか何事も無く解放してくれるわけがないではないか。きっと今は『何か』の準備をしていて、それがもうすぐ完了するのだろう、と。

一体『何か』まではわからなかったが、しかし決して歓迎できないことであるのは間違いない。

そしてそれがおそらくは政治的な意味を持っているであろうことも。

「それまでは行儀良くしておけよ？『勇者』様？」

「……!?」

安い挑発。

しかし、これぐらい露骨でなければ理解出来ない人間が、世の中に多いのも事実だ。

「この……！」

体を起こそうとしたヒロト。だが四肢の無い体にはまだ慣れていないのか、体が一度跳ねただけだ。

「あなた！」

膝から落ちた夫を慌てて拾い上げようとするアシェリア。

（こいつのせいで……！）

自分一人では起き上がることすらも出来ない屈辱。しかし、全ては目の前にいる男のせいだと思った直後、ヒロトはそれが明らかにおかしいことに気がついた。

（……ちょっと待て。落ちつけ、落ち着いて考えるんだ）

確かに、ヒロト達がこの牢に入れられているのはカインのせいだ。

それは間違いない。

だが四肢を失ったのは、あくまでも魔王によるものであって、カインによるものではない。

ではなぜ、それをカインにやられたのだと思ったのだろうか？

（魔王……？）

ヒロトの視界の真ん中で、善意と良心に愛想を尽かした赤い瞳が輝いた。薄暗い空間を蝕むような赤色は、確かにどこかで見たことがある。

（どこだ？　どこで見た？　思い出せ、思い出すんだ）

この王宮の中ではないどこかで。

この王都ではないどこかで。

そう、あれは確か――。

カチリと。

ヒロトの中で、全てがつながった。

そして訪れた確信。

「お前が……、魔王だったのか……」

呆然とした顔で、ヒロトはカインを見た。

勝負事というのは、その勝敗や内容はもちろんだが、しかし戦う相手が誰であるかというのが最も重要だ。

誰に勝ったのか、そして誰に負けたのか。弱者に勝利したところで矮小な器しか満たされることはないが、しかし弱者に敗北すれば器そのものが破壊される。

十年前、ヒロトにとってカインは見下す対象でしかなかった。そして異世界から来た勇者の中での序列は、そこから更新されていない。

あくまでも自分が上、カインが下だ。

カインが勇者の力を得たのは、自分が魔王に負けたから。彼が自分よりも強力な勇者の力を与えられたなど、妄言に決まっている。

……そう思っていた。

だが、もしも魔王の正体がカインだったとしたら？

それはつまり、自分が直接カインと戦い、そして敗北したということではないか。

ヒロトに突きつけられた現実。

「さて、何のことだろうな？」

薄暗い空間で赤い瞳が怪しく光る。カインの反応は肯定ではなかった。……が、しかし否定もしてはいない。

ヒロトを始め、それを見た周囲の人々は、推測が真実なのだと解釈した。つまりはカインこそが新たな魔王なのだと。そしてオルガやトリエールを始めとする文官達は、今まで思いつかなかったシナリオが一つあることにようやく気がついた。

――もしも、神託そのものが偽物だったとしたら？

勇者は依然としてヒロトただ一人のままで、魔王カインと教会が手を組み、一芝居打ったのだとしたら……、どうだろうか？

例えば魔王には勇者を殺すことが出来ないので、ヒロトを生きたままで無力化するためにこんなことをやったのだとしたら……。

「嵌《は》められたのか……？」

失言。オルガが呆然と呟いた。

ヒロト派は勇者ヒロトという最大の切り札を、自ら捨ててしまったのか？

勝利の可能性を、自分で手放したということか？

「騙しやがったな……！」

カインを睨みつけるヒロト。

現在への不満と将来への不安。ここで彼らの負の感情は、全てが目の前にいる赤い瞳の男へと矛先を向けた。

「はて？　あいにくと『王族に生まれ育った世間知らず』なんでな。『勇者様』の言っている意味が全く理解できんよ」

そう言って身を翻したカイン。彼の後ろ姿を見て、この場にいた者達は全員が思った。

嘘だ、と。

「待て！　卑怯者！」

背後からヒロトが叫んでも、彼の足取りは微塵も止まる気配がない。

その背中で彼らを嘲笑うようにして、国王カインはその場を立ち去った。そして地下室を出た彼をこっそりと追いかける影がひとつ……。よく見れば、この王宮で働く侍女の格好をしている。

侍女に扮した侵入者、というわけではない。一応はちゃんとした侍女である。『密偵として敵の本拠地である王宮に潜入中の』という注意書きが付属するが、正式に雇用された侍女である。

玄人と表現するほど卓越してはいないが、しかしどうやらこの手の活動には慣れているらしく、仕事をしている振りを時折混ぜながら、カインの少し後ろをぴったりと静かについていく。

そう、王国と対立する陣営に属するティナは、密かに国王カインの行動を探っていた。

（一人で図書室と宝物庫で何かをした後、地下牢へ。そして今度は……）

少ししてから、彼女はヒロトの側妃アドレナの部屋の前に立った。中に入ったカインはここでも何かしているらしい。アドレナは『魔王によって』殺されているので、この部屋はもう誰も使っていないのだが、中はまだそのままの状態で残されている。

いったい何をしているのだろう？

（まさか……、下着でも漁ってるの？）

世の中には実際にそういう趣味の人間もいるので、一概には否定できない。ティナは真偽を確かめようと、耳を澄ませた。先程までの真剣な空気は鳴りを潜め、まるで井戸端会議の話題でも仕入れる気分である。いや、これはこれで真剣ではあるのだが……。

昼間から人妻の下着を漁る国王……、確かにとんでもない醜聞だ。

「魂移し……。そんなことが現実に可能なのか？　この理論が正しいなら、過去にも未来にも……」

ボソボソとだが、中からはカインの独り言らしき声が聞こえてきた。

（……魂移し？）

耳に入ってきたのは聞き慣れない単語だ。

いや、彼女にとっては人生で初めて聞いたと言っていい。気になったティナは、扉を少しだけそっと開けて中を覗き込んだ。

カインがこちらに背を向け、本棚の前に立って何かを読んでいる。どうやら死んだ人妻の下着を漁っているわけではなく、治癒士だった彼女の研究資料を見ているらしい。

(まさか……、不老不死を求めてるの?)

老いた肉体を捨て、若い体に魂を移す。

ティナは、確かアドレナがそんな研究をしていたことを思い出した。なるほど、それならば確かに魂移しという単語が出てきたのも納得がいく。

(そう言えば……。聖戦士の力のおかげで研究が進んだって、前にアドレナが言ってたことがあったような?)

勇者の力は聖戦士よりも強力だ。仮にアドレナの研究が具体的な成果を出していた場合、それを引き継いだカインが本当に不老不死を実現してしまうかもしれない。

(もしそうなったら、大変なことに……)

杞憂で終わる可能性はある。しかし、物事は得てして最悪の展開になるものだ。

そうなってからでは全てが遅い。

ティナはこのことを『自分の陣営』に伝えようと、部屋からそっと離れて歩き始めた。

が……。

(――え!? ちょっと、何よこれ!? 通れない!?)

彼女は思わず叫びそうになった。

目視では何も確認できない空間。しかしそこには確かに見えない壁があり、ティナが通るのを阻んでいる。

（ちょっとちょっと、……嘘でしょ!?）

慌てて手で触って通れる所を探す。しかし見えない壁は途切れること無く続いているようで、全く通れる気配がない。

（それじゃあ反対側から！）

通路の反対方向へ向かおうと、ティナは背後を振り返った。

「どうした？　何かいい話でも見つかったか？」

「きゃ！」

ティナはついに声を上げてしまった。目の前には、自分よりも背の高い男が立っていたからだ。

彼女は恐る恐る相手を見上げた。

大丈夫。正体は既にわかっている。

――そう、カインだ。

ティナの目の前には、いつの間にか赤い瞳の国王が立っていた。その左手では、腰の聖剣が僅かに抜かれている。つまりは既に戦闘態勢。

……戦《や》る気、いや、殺《や》る気だ。

「え、ええとですねっ！　ちょ、ちょうど手が空いたので、掃除でもしようかなぁ、なんて思いましてですねっ！」

（どどどどど、どうしようどうしようどうしよう！　殺される！）

慌てて取り繕うティナ。

こういう事態を想定していないわけではなかったが、しかしいざ本人を目の前にすると、上手く演技が出来ない。

「そうか……。よし、それなら俺が新しい仕事をやろう」

「は、はは……。それは、いったいどんなお仕事なんでしょう?」

(お、終わった……。私の人生ここで……。お母さん……)

獲物を狙う捕食者の如く輝く赤い瞳。その日を境に、彼女の姿は王宮から消えた。

行方を知る者など、もちろん一人もいない。

……カイン唯一人を除いては。

第四章

『王は王道を歩まない』

誤解に勝る解釈など、どこにも存在しない。

民主主義の本質とは何か。そして最初にその理想を掲げた者が、胸中で本当は何を思っていたのか。それはもう誰にもわからない。

しかし、それがどれだけ崇高なものだったとしても、あるいは如何に下卑たものであったとしても、この世界に正確な形で伝えられることがなかったことだけは事実だ。

現実との落差、苦悩と葛藤、建前と懺悔、そんな負の側面は元々の世界に置き去りにされた。そしてヒロトという、凡庸すら高みに見える学生の見た現実だけが、この世界で芽吹いた。

民主主義とは何か。綺麗な言葉による装飾の無いその本質はなんだったのか。ヒロトという人間は、そこに正直な答えを提示した。

故にこの世界における民主主義とは、つまり『民衆こそが特権階級だ』という意味になったのである。

腐った実態を美しい言葉で覆い隠す。民主主義の理想がこの世界に伝わることは無かったが、しかし民主主義者の傲慢なやり方だけは、正確に引き継がれた。

そして、そんな現実が再び実証されようとしている。

かつて自分がギロチン台に乗せられ、そして臣下達が処刑された広場。カインは十年前にヒロトがいた所に座り、あの時に自分がいた場所を見下ろしていた。視界の先にはあの時と同様に、民衆が蠢いている。

「これより、逆賊の処刑を行う！」

「よっしゃあ！」

「待ってたぜ！」

カインの右腕として振る舞い始めた辺境伯フランキア。若き青年の宣言を聞き、娯楽に飢えた獣達は歓喜した。

他人の不幸は自分の幸福。

叩き売りされた安物の正義感に、我先にと乗り込んでいく。

十年前から変わらない大衆を眺めながら、カインはその視線をちらりと横に移した。視線の先では、周囲の兵達に混じってやけに背丈の低い一団が緊張した面持ちで処刑の様子を見ていた。

通称、人質部隊。

ヒロトの子供達を含む、ヒロト派の貴族達の子女を集めて結成させた部隊だ。年齢は高くても十代半ば、低い者はまだ十歳にも満たない。ヒロト派の貴族達は、その殆どが当主を先の魔王討伐で失っており、家を存続させるために必要な跡継ぎをこれでほぼ全員押さえられた格好だ。

更に幼い子女も別の名目で全員集められており、彼らに何かあればその時点で血筋の断絶が確定するため、ヒロト派も迂闊なことは出来ない。

「吊るせ！」

フランキアの掛け声で連れて来られたのは、先日まで財務大臣をやっていた男、トリエールだ。

「へっ、陛下！　違うのです！　あれは全てヒロトの指示で行ったこと！」

彼の罪状はもちろん国の財政を不当に悪化させたというものだ。もちろんそれは彼の言う通りヒロトの意向があってのことなのだが、しかし異世界勇者様には別の罪状を用意してある。

「はっはっは！　見苦しいんだよ税金泥棒！」

「潔く死ねや！」

「血税を無駄遣いした罰が当たったんだ！」

どういうわけか、碌に税金を払ってない者ほど血税という表現を使いたがる。

無残な格好で両腕を縛られて高く吊るされた元財務大臣を、人々は次々に指差して嗤いだした。

彼らはむしろ多額の税金を浪費する側だというのに、なぜか自分達がその大半を納めている気になっていた。

現実を考えようともしないし、世の中の仕組みを知ろうともしない。物事の真偽を問わないからこそ実現する存在。

とはいえ、トリエールはもうそんなことを気にしている場合ではない。なにせ吊るされた彼の下では、今まで見たこともないような処刑器具が大口を開けて獲物が落ちてくるのを待っているのだ。

「よし！　動かせ！」

フランキアの合図で、待機していた魔道士達が処刑器具に魔力を注入し始めた。

(何だ、これは……！)

動作を開始した機械がその本性を見せた時、カインはこれを設計した者の正気を疑った。

木の塊を細いチップにするための木材破砕機。おそらくは魔力を動力源とするそれをベースに改造した物だろう。天に向けて開けた大口から獲物を受け入れ、それを複数の高速回転する刃で巻き込んで細かい肉片に変えて別の口から射出するという構造になっている。

昔、魔道士達が機密書類の廃棄を効率化するために、シュレッダーという魔道具を開発したことがあったのだが、カインはあれも確か取り込み口が似たような構造だったことを思い出した。

しかし、これはそれよりも遥かに強力だ。

何人もの魔道士の魔力を使って唸りを上げる処刑機。それと同時に、トリエールを吊るす縄が少しずつ、ゆっくりと下ろされていく。せめて一気に落としてくれれば、まだ短い苦しみだけで済んだものを。

「見ろよ、あれ！　芋虫みたいだぜ！」

「社会の害虫にはお似合いだ！」

熱狂する大衆。

そんな彼らの指と視線の先では、元財務大臣『様』が待ち構えている刃から逃れようと、必死に体を曲げたり横に揺れたりしている。

社会的には自分達よりも上だった存在。そんな彼の惨めな姿に、人々の自尊心は大いに満たされていく。

――チッ！

唸りを上げて高速回転する無数の刃達。

その領域に入った瞬間、掠めるような音と共にトリエールの足首から先が消えた。

「あ……あ、あぁぁぁぁぁぁぁぁぁぁぁぁぁぁぁぁぁ！」

一瞬遅れて脳に到着した激痛。消えた足の付け根からは鮮血が飛び散り、そして処刑機の射出口からは、細切れになった肉と骨が血と共に排出された。

どう考えても彼の足『だったもの』だろう。

（おいおい……）

自分の『前例の無い処刑方法にしろ』という命令に答えるために用意された機械を見て、カインは思った。

これを考案した奴がまだ生きているのなら、絶対に殺しておいた方が良い、と。

この国の現在の工業力から考えて、カインの命令の後でこれを作り始めたのでは絶対に間に合わない。つまりそれよりも前の時点でこの殺人機械が完成していたのは明らかだ。きっと最初の構想は何年も前だろう。元々はいったいこれを何に使うつもりだったのか……。

（あれは狙ってやっているのか……？）

この類の機械で発生する事故として一般的なのは、回転する刃に体や衣服が触れてしまい、そのまま圧倒的な力で全身を引きずり込まれるというケースだ。

もちろんその場合も助かる可能性は低いわけだが、今回はそれとは少し現象が違う。

回転する刃に体の一部が触れるところまでは同じ……、なのだが、刃の切れ味があまりにも良すぎるのか、あるいは引き込む力があまりにも圧倒的なのか、触れた箇所だけが綺麗に抉り取られていた。

つまりトリエールは、自分の命が尽き果てるか意識を失うまで、体を下からゆっくりと細切れにされていかなければならないのである。

「ひっ、ひぃぃぃぃぁぁぁぁぁぁああああああああああ！」

広場に絶叫が鳴り響いた。人々の歓声の中で、生きたままの人間が肉骨片に変わっていく。

膝が消え、腿《もも》が消え、そろそろ胴体だ。

カインは、横目で先程の人質部隊の子供達を見た。ガタガタと震えているのはまだいい方で、泣き出す者や地面にうずくまって吐いている者が何人もいる。流石に彼らの年齢でこれを直視するのは厳しいだろう。

（あれは……、確かアドレナの子供だったな）

人質部隊の中で、彼女だけが冷静に他の子供を介抱しているように見える。処刑の様子を直接見ないようにしたのだろうか？

しかし、それでもやはり不自然な印象は拭えない。

「ぁぁ……、ぁごぉ……」

ついに激痛に耐えきれなくなったのか、トリエールは白目を向き、口から泡を吐き始めた。その方が彼にとっても幸せだろう。少なくとも正気を保ち続けるよりは、よほど。

処刑機の刃が骨盤を噛み砕き、支えを失って零れ落ちてくる彼の内臓を飲み込んでいく。やがてトリエールは脳髄までも砕かれ、人の姿を完全に失った。いや、トリエールなる人物は、この世界から完全に消え去ったと表現した方が、もしかしたら適切かもしれない。

「ヒャッホォォォォォォォ！」

「国王カインばんざーい！」

歓喜して玉座に戻った王を称える民衆。

カインは思った。今すぐに聖剣を抜いて、こいつらを皆殺しにしたい、と。

自分の復讐とか臣下の敵討ちとか、そういうことは一切に抜きにして、純粋に目の前の大衆を殺したいという衝動が湧き上がってくる。

はっきり言って、生理的に受け付けない。

（我慢、我慢だ……）

権力者というのは、往々にして孤独な忍耐を要求される。今のカインは、正にそんな状況に置かれていた。そんな彼の心中を察したのかどうかはわからないが、辺境伯フランキアは再び声を張り上げた。

「聞け！　これより一週間後、逆賊ヒロトを始めとする者達の、一斉処刑を行う！」

一瞬の静寂の後、その言葉の意味を理解した民衆が沸いた。

「マジかよ！」

「すげぇえええ！」

「もったいつけてくれるぜ！」

人は自分の幸福よりも他人の不幸を望む。

勇者の力を与えられ、国王にまでなった、勝ち組の中の勝ち組。それが転落する瞬間を見られるというのだから、彼らにとっては当然の反応だ。

「場所は隣街のピエトに用意した、最新型の処刑器具を用いて行う！　王都民は全員、一人残らずピエトで逆賊の最期を見届けよ！　これは王命である！」

「ピエト？　遠すぎるだろ！」

「今すぐやっちまえよ！」

王都から数キロ離れた場所にある街ピエト。そこまでの移動を嫌った人々からは不満の声が上がる。

が、しかし――。

「最新型の処刑器具ってどんなのだろうな？」

「今日のもすごかったからな！　きっと、とんでもねぇのが用意されてるに違いないぜ！」

「俺、絶対見に行く！」

先程、元財務大臣トリエールを細切れにした処刑に興奮していた人々は、その欲望を抑えきれなかった。

今日の処刑に使われたのは、それだけ見事な装置だったからだ。完全な新規設計ではないとはいえ、それでもこの世界の工業力で考えれば、間違いなく最先端といっていい代物だ。

そして殺されるのは他でもない『ヒロト様』である。

人々は、成功者がいったいどんな凄惨な方法で処刑されるのだろうかと、口々に話しながら帰路についた。

†

「……何？　殺された？」

元財務大臣トリエールを処刑した数日後。執務室にいたカインは、焦った様子の辺境伯フランキアから報告を受けた。人質部隊として集めていたヒロト派貴族の子女達が、王都民達によって襲撃され、全員殺されたというのだ。

人手が足りないので、彼らには簡単な雑用などをさせていたのだが、それが裏目に出た。どうやら外に出たところを襲撃されたらしい。

一応は人質なので扱いには注意しろと言っておいたはずなのだが、面倒を見させていた者達が手を抜いたか賄賂でも貰っていたのだろう。先日の処刑で興奮が収まらなかったのか、あるいはヒロト達の処刑まで待ち切れなかったのか。それとも本人達としてはカインに忖度《そんたく》してみせたつもりなのか。

おそらくは全てが該当するのだろうが、本当のところはわからない。

いや、カインとしてはわかりたくないと言った方がより近いか。

「担当していた奴をすぐに処刑しろ。死体はどうした？」

「寝泊まりさせていた広間に集めさせました。ですが、損傷も酷く、全てまでは……」

フランキアを引き連れて、カインは広間に向かった。

場所がない上に、子供達を一人ずつ分けて面倒を見るのも人手が必要になる。彼らもその方が多少は気が紛れるだろうかと思い、この場所で共同生活をさせていた。状況が状況とはいえ、時々子供らしくはしゃぐ声が聞こえて来たりもしていたのだが……。

昨日までは一緒に寝泊まりしていた部屋には、十歳前後の子供達の遺体が変わり果てた姿で並べられていた。

首を刎ねられ眼球をくり抜かれ、指を落とされ手足を切り離され、あるいは汚物を掛けられたり死姦されたりと、容赦無く徹底的に痛めつけられている。

「……」

トリエールを処刑した際は、至極真っ当な反応を見せていた子供達。

恐怖と苦痛に歪んだままの彼らの表情を見ながら、カインは自分の中にまだ良心と呼べるようなモノが残っていることを実感した。子供とはいえ敵陣営の人間なのだから、別に自分に責任があるとまでは思わないが、しかし好ましい結果ではない。

……あの王都民達が減ったというのなら、非常に好ましいのだが。

感情的な意味で気に入らないとか、処刑された臣下の仇討ちとか、そういうことは一切抜きにして、カインはあいつらをこの世界から完全に滅ぼさなければならない気がして仕方なかった。

その結末がどんな形であれ、彼らが自然な滅びを待つことを認める気分にはなれない。

「この件はヒロト達には？」

「いえ、おそらくはまだ……」

露骨な不機嫌さが混じったカインの声に、フランキアは内心で冷や汗をかいた。

しかし、彼のこの言葉に嘘はない。ヒロト達は王宮の牢屋に入れたままになっているし、それ以外のヒロト派貴族達は王都近くにある彼らの領地にいる。まさか平民である王都民達と普段から交流するような連中でもないので、彼らから直接この情報を入手することはないだろう。

「……箝口令《かんこうれい》を敷く。ヒロト達の処刑までは絶対に気付かれるな？」

「はっ」

ヒロト派は、現在まともな戦力を持っていない。もちろんそれは先日の魔王討伐で壊滅したからなのだが、それに加えて跡継ぎを人質に取られているということで、迂闊に動くことも出来ない状態になっている。

しかし肝心の後継者を失い、血筋の断絶が確定したと知れば、どんな行動に出るかわからない。一か八か、あるいはヤケを起こす可能性は否定できないはずだ。復讐心に駆られて教会と手を組もうとする可能性だって十分にある。

（あいつらに何か出来るとは思えないが……。あの教皇なら利用してくる可能性はあるな……、ん？）

教皇グレゴリーを頂点とする教会がどう動いてくるか。それを考え始めたカインは、子供達の遺体の中にアドレナの子の姿が無いことに気がついた。

「おい、これで全員か？」

「はい。……少なくとも取り戻せた分は」

確か彼女の娘は八歳かそれぐらいの年齢だったはずだ。容姿もそれなりに良かったし、性欲の対象として王都民達に『確保』されたと考えるのが自然なようにも見える。

だが――。

（処刑の時、あの子供だけはやけに落ち着いていた。まるで、そういうのは見慣れているような。

いや、むしろまるで……）

——大人のような。

カインがアドレナの部屋で先日見つけた『魂移し』に関する資料。あれによれば、予め準備をしておくことで、死んだ時に自分の魂を他の人間の体に移すことが出来るらしい。

（仮に死んだアドレナの魂が娘の方に入っていたとしたら……）

カインとしては一つ気になっていたことがある。十年前のクーデターの際、裏で糸を引いていたのが教皇グレゴリーだったとして、彼はいったいどのようにして勇者ヒロトを動かしたのだろうか？

なにせ、彼はあの時点で既に教皇だった。それが勇者と直接何度も会えば非常に目立つし、流石にカイン達もクーデターの兆候に気付いたはずだ。

となると、多少なりとも仲介役を担う者がいた可能性が高い。

教皇グレゴリーと勇者ヒロトの双方から、少なくとも計画の実行に必要な程度には信頼され、そしてどちらの周辺を動き回っていても不自然ではない人物。

治癒士アドレナ。

勇者ヒロトの妻であり、元々は教会の修道女だった彼女は、その条件を満たしている。

（……自分の娘を犠牲にしたのか？）

彼女の部屋にあった資料によれば、魂移しで器となった人間に元々あった魂は、上書きされて消えるらしい。それが事実かどうかはわからないが、アドレナが本当に自分の魂を娘に移したのだとしたら、少なくとも彼女は自分の娘の魂が消え去ることを承知の上で実行したことになる。

「……屑が」

「は？」

「いや……、なんでもない」

カインは思わず言葉に出してしまった自分を即座に戒めた。長男をカインに殺されたヒロト達の反応もそうだったが、どうも彼らは子供を自分達のための道具程度にしか見ていないような印象を受ける。これでは、他人の子供の死に対して内心で多少なりとも動揺している自分が、まるで馬鹿か無能みたいではないか。

いや、実際にそうなのかもしれない。

背後にグレゴリーがいたとはいえ、ヒロト達相手にあっさりと玉座を奪われ、臣下の全員処刑まで許してしまったのだから。

一族の面汚し、あるいは落ちこぼれと言われても仕方がない。

「アドレナの子がここにいない。死体になっていてもいい、見つけ出せ」

「アドレナの……。わかりました」

カインはフランキアに指示を出すと、執務室に戻ることにした。

これが杞憂に終わればいいが、しかし予測は悪い方に立てておくべきだ。

魂移しで器になった者の身体能力がどうなるかはわからないが、しかし娘の体そのままだったとすると、騒ぎに乗じて単独で逃げ出すことは困難だろう。その場合、おそらくは協力者がいたはずだ。

（あるいはわざとやったか？）

王都内に教会系の勢力と通じている者達が潜んでいるとして、もしかすると彼女を逃がすために意図的に騒ぎを起こした可能性がある。

だとすれば、他の子供達はそのためだけに犠牲になったということか。別に彼女だけを逃がすのならば他に方法もあるだろうに、死んだと思わせるためにこの方法を選んだのか？

あるいは逆に、わかる者にだけわかる露骨な挑発のつもりかもしれない。

——なぜだろう。

カインの胸がざわついた。

十年前に臣下達の処刑を見せられた時と同じ気分だ。

——奴らが気に入らない。

倫理とか道徳とか、善とか正義とか、そんなものは一切抜きにして。

筋とか理屈とか、そんなものも一切抜きにして。

——とにかく奴らが気に入らない。

カインは、自分が心の底から彼らを殺したいのだということを再認識した。

策謀の歴史と共に受け継がれてきた赤い瞳が輝く。

危機は好機。

もしも本当にアドレナが彼女の娘に魂移しを実行していたとして、それを自分にとって有利に働かせるにはどうするべきか。

自分が教皇だったら、この機会をどう使う？

自分がヒロト派の貴族で、ここから巻き返したいと思っていたら、どう行動する？

自分が反ヒロト派で、自分達の勢力を拡大したいと思っていたら、どう利用する？

戻った執務室には誰もいない。

かつてカインと共に未来を考えてくれた者達はもうどこにもいない。

しかし未来はある。

そしてカイン達とは別の未来を考えていた者達も、まだ残っている。

部屋に戻ったカインは椅子に座ると、テーブルの上に広げた地図にボードゲーム用の駒を置き始めた。王都に一つ、聖地に一つ。そして三つ目の駒を魔王城の位置に置こうとして、彼は直前でその手を止めた。その視線は魔王城ではなく、隣町のピエトがある位置に注がれている。

（……よし、誘い出すか）

隣町のピエトに向けて輸送中だったヒロトを含む罪人達。

その護衛が『カインの思惑通り』に謎の部隊の奇襲を受けて全滅し、そしてヒロト達全員が強奪されたのは、処刑予定日の前日である。

†

王都の最寄り街であるピエト。ヒロトが国王になって以降、特に彼が王都民手当の導入を決定して以降は急速に寂れてしまったこの街に、過去最高規模の人間が集まっていた。

「まだかよ、早くしろよ！」

「あれで処刑するのか。どうやって使うんだ？」

蠢く群衆。

彼らの目的はもちろん、逆賊ヒロトとその協力者達の処刑を見るためである。一週間前のトリエール処刑後に予告された最新型の処刑器具を一目見ようと、人々はこの街に我先にと集まった。王都民と周辺地域のヒロト派貴族達に対しては『全員集結するように』と王命を出してはあるのだが、それも果たしてどこまで必要だったかわからない。

従わなかった者は後日処刑すると言ってあるので、次以降の処刑も見たいという彼らの心理を刺激して、本来の意図とは違う方向から参加率を上げてしまった可能性すらあるぐらいだ。

カインが箝口令を敷いたおかげか、貴族達はまだ自分達の跡継ぎが死んだことを知らないまま、騒がしい平民達とは少し距離を置いたような態度を取っている。

「静粛に！　諸君、静粛に！」

すっかりカインの右腕気分となったフランキアが声を張り上げた。この世界には精度の高い時計が存在せず、精度の低い物とて安易に買えるような金額ではない。おまけに生産量も少なければ需要も低いというわけで、正確な時間がわからなかった者達が、いよいよ始まるのかと最新型の処刑器具と思われる装置の方向を見た。

この世界では主に市場での商品の輸送等に使われる、魔力動作式のベルトコンベア。どうやら人間をその上に乗せて機械の中を移動させて行き、順番に『処理』していくようだ。

機械には大きな窓が幾つも付いており、中で人間がどんな目にあっているのかがわかるようになっている。

いったい罪人がどんな目にあうのか、人々の期待は高まっていた。

「これより、王命を発表する！」

「王命？」

「なんだよ、もったいつけんなよ！」

すぐに処刑を始めるわけではないことを理解した者達が口々に不満の声を上げた。しかし若くして辺境伯となった青年に、動じた様子はない。

「一つ！　今この街にいる者達が許し無く街の外に出ることを禁ずる！　無理に出ようとした者はその場で死刑とする！」

「あん？　なんだって？」

「外に出るなってよ」

呑気に構えている平民達。それに対し、フランキアの言葉の意味を即座に理解した貴族達は、目の色を変えた。

「二つ！　王都民手当を廃止する」

王都民手当の廃止。それを聞いた平民達も、ようやく事態を呑み込み始めた。

「どういうことだ？」

「おい！　俺達の生活はどうすんだよ！　無責任だろ！」

「俺達を差別する気か！」

「そうだ！　差別だ！」

人々が声を上げ始めるが、しかしフランキアがそれに取り合うことはない。

「三つ！　従来の身分制度とは別に、もう一つ身分制度を設ける！　貴族や平民にかかわらず、これより一ヶ月の間に王都に移住した者を上級国民、それ以外を下級国民とし、上級国民にのみ従来の王都民手当に代わる、上級国民手当を支給する！」

文字はわかっても、文章が理解できない者は案外に多い。

三つ目は長かったため、平民のほぼ全員がそれを理解できなかった。もう一つの身分制度を設けると言った辺りで忍耐力が切れ、それ以降を聞く意欲も無くなったのである。

話がわからないのは話す方が悪い。

相手にわかるように言わない方が悪い。

それが彼らの言い分だ。

長い本の題名は品性に欠け、中身を読む意欲が失せるのは書いた奴が悪い。

短い本の題名は内容がわからず、興味を持てないのは書いた奴が悪い。

とにかく相手の方が悪い。

結局、彼らの結論は全てがそこに行き着く。人々はそんな視線で、未だに手元の文章を読み上げ続ける男を見た。

「四つ！　陛下の温情により、ピエトにいる者には当分の間、食料が支給される！……以上！」

言うことを言い切ったフランキアは、それ以上は何も言わずにこの場を立ち去ろうとした。

「お待ちください！　外に出てはいけないとはどういうことですか⁉」

「なんだよ！　処刑はまだかよ！　早くヒロト達を殺せよ！」

とりあえずは内容を理解した貴族達と、殆ど理解できなかった平民達。両者から抗議やブーイングが出始めるが、それに対応しようとする素振りは一切無い。そしてさっさと馬車に乗り込んだフランキアは、そのまま街の外へと出ていってしまった。

「待てよ！」

感情のままに馬車を追いかけようとした平民達。しかしそんな彼らに対し、いつの間にか街を包囲していたカイン派の兵士達から一斉に矢が射掛けられた。他人の処刑は容易に許可する者達も、その対象が自分となれば態度を変える。

街を包囲した兵士の数は自分達よりも遥かに少数、つまり物量で押し切れば突破の可能性は高いわけだが、しかし彼らに先陣を切って他の者達のために盾となる気概など無い。

こうして、王都民及びヒロト派と見なされた貴族達は、このピエトの街に閉じ込められた。

†

「台下。先程、ヒロトの魂移しが完了いたしました。結果は良好です」

「そうですか。それは何よりです」

教皇グレゴリーは、執務室でまだ十歳にも満たない少女からの報告を受けていた。しかし子供のはずの彼女の振る舞いは、完全に大人のそれである。

「本当は詳しい話を聞きたいところですが、それはまた後日にするとしましょう。今は彼についていておあげなさい。新しい体で戸惑うことも多いでしょうから」

「はい。ありがとうございます」

一礼して部屋を出ていこうとする少女。しかし教皇は一つ言い忘れていたと思って、彼女を呼び止めた。

「ああ、そうだ『アドレナ』さん」

「はい、なんでしょう?」

「落ち着いたら『勇者殺しの剣』を取りに来るように彼に伝えておいて頂けますか?」

「はい、もちろんです」

カインの懸念通り、魂移しで自分の娘の体を新たな器としていたアドレナ。彼女は改めて一礼すると、今度こそ部屋を出ていった。

そして他には誰もいなくなった部屋で、グレゴリーはテーブルに向き直った。その上には、この世界の地図が広げられている。

(さて、これでカインに対抗できる切り札は手に入った)

教皇はボードゲームで使う駒を幾つか手に取ると、それを地図の上に置き始めた。

一つは王都、一つはピエト、そして一つは聖地に。

(王都、ピエト、そしてこの聖地。世界の人間は三ヶ所にほぼ全員が集められた。王都にはカイン

とその戦力。ピエトには愚か者達。そして聖地には私の戦力が）

十年の時を経て、再び王に返り咲いたカイン。単体の戦力としては、事実上最強の戦力は彼であると教皇は認識していた。

故に対抗する手段を求めていたのである。

（古の時代、暴君となった勇者を殺すために女神が授けた『勇者殺しの剣』。彼は我々がそれを保有していることさえ知らないはず。カインにヒロトを上手くぶつけることさえ出来れば、それ以外は聖地の戦力で押し潰せる）

王都とピエト。この二ヶ所に集結する人々を、教皇は殲滅するべき敵とみなしていた。

『新たな世界』を担う者は既にこの聖地に集結している。故に害悪を撒き散らす者達を完全に滅ぼすことによって、平穏な時代が到来するのだと。

（最低でも、ピエトに集められた者達だけはなんとしてでも滅ぼさなければ。この点に関してだけはどうやら向こうも考えは同じ。……あの若者も、流石に殺すべきだということぐらいは理解出来るようになりましたか）

かつて王の地位から引きずり降ろされるまでのカイン達は、王都民を殺すこと無く世の中を上手く回そうとしていた。しかしそんなことは不可能だというのが、教皇である彼の結論だ。だからこそヒロト達をそそのかし、時間を掛けて力を削ぐと共に、自分達の戦力を強化してきたのである。

全ては平穏な世界を実現するために、だ。

（準備は整った。最後の懸念となるのはやはり……）

教皇は四つ目の駒を手に持つと、それを魔王城の位置に置いた。

（ヒロトからの情報によれば、魔王の正体はカイン。にわかには信じられませんが……。本当にそうだとすれば、魔族がカインの戦力として、人間同士の戦いに参入してくる可能性がある。規模は小さいとはいえ、使いどころ次第では……）

当初、彼は王都とピエトを落として聖地以外の人間を皆殺しにしてから、魔王を倒すつもりでいた。ヒロトが使えるならそれでいいし、彼に無理ならば女神が新たな勇者を選出するだろう、と。しかし魔王軍がカインの指揮下で動くとすれば、そうも言っていられない。彼らの戦力は決して過小評価していい水準ではなく、それがカイン派と足並みを揃えてくるとなれば、聖地の戦力だけでは対抗しきれない可能性がある。

（仕方がない。手を組むのは癪ですが、ピエトの悪魔達には死ぬ前に一仕事して貰うとしましょうか）

「陛下、そろそろお時間です」

司祭が彼を呼びに来たので、グレゴリーは椅子から立ち上がって自室を出た。

台下でも猊下でもなく陛下と言ったのは、これから示されるであろう方針に対する賛同を表明したつもりなのだろう。故に咎めない。国王と教皇、あるいは魔王。しかし頂点は一つで十分だ。そしてあるいは神すらも……。

教皇になってから幾度となく歩いた通路を歩き、そして議会場へと進む。そこは教皇を決める選挙を始め、教会内における重要な項目が議論される場所である。一階部分には議決権を持つ高僧達が、そして二階部分には低位の僧達が、そして三階には僧ではない女神教徒達が集まっていた。

議会場へと足を踏み入れたグレゴリーに、周囲の視線が集まる。

普段であればここで会釈をしたり、三階の一般教徒達に向かって手を上げてみせたりするのだが、しかし今回は何もしなかった。神妙な面持ちで、無言のまま壇上へと進んでいく。

誰もが、『教皇グレゴリー』の発言を待っていた。

単に教皇の地位にある人物ではなく、教皇の地位を持たない彼でもなく、人々は教皇の地位を有したグレゴリーの発言を待っていた。

「皆さん。本日はよくぞ……、よくぞこの場にお集まりくださいました。そしてこの議会場に足を運ぶことが出来なかった皆さんも、どうか私の話を聞いて頂きたいと思います」

グレゴリーは淡々と話し始めた。最近になって開発されたばかりの魔法式のマイクがその声を拾い、スピーカーを通して議会場の中へ、そして聖地中へと、老人の声を響き渡らせる。

「私がこれから何を話そうとしているか、既にお気づきの方も多いことでしょう。しかし、私は本日、教皇として、我々がこれからどこに向かおうとしているのかをお話せねばなりません。そうです……、私の決意を、皆さんにお伝えしなければならない。私自身の……、自分の言葉で」

聖地中の人々が、彼の次の言葉を待った。わかりきっている次の言葉を。

「今、我々はこの世界に試されています。今、我々は女神様に試されています。そう、我々は今、かつてない困難に直面しているのです。世界には不平等と不公平が蔓延《はびこ》り、実態を伴わない高潔な理念と二重規範がそれを肯定している。平和も安寧も、全ては一部の人々だけが独占しているのです」

教皇の言葉を聞いて、人々は思い思いに想像を巡らせた。形は違えども、誰もがそういった場面を知っている。

そうだ。彼らは困難を知っている。

「戦いは繰り返され、支配は続き、一部の人々は無償の富と権利を得ましたが、しかしそれを他の人々と共有しようとはしませんでした。彼らの勝利は人々の勝利では無かった。彼らの成功は人々の成功では無かった。王都という限られた場所でのみ幸福は謳歌され、そして世界の各地で苦しむ人々に祝福は無かった。汚職が、麻薬が、暴力が、数々の犯罪が多くの命を奪い、多くの可能性を我々から……、皆さんから奪って行きました」

その言葉を聞いた人々は理解した。教皇は王都民を敵と見なしている、と。つまりは自分達と同じ考えなのだ、と。

「苦しむ人々の富は吸い上げられ、幸福を謳歌する者達のさらなる幸福のために配分されました。世界は彼らのために疲弊し、消耗してきました。子供達はやせ細っていくというのに、その一方で彼らだけは太っていった……」

特に王都から聖地に移住してきた人々は、その言葉の意味を知っていた。王都民手当に代表される、国王ヒロトが生み出した悪法の数々を。

「子供達のために栄養のある食事が欲しい、家族のために安全な土地が欲しい。そんな人々の要求すらも傲慢で我儘だと切り捨てられる。それがこの世界の倫理であり道徳……。私達はあまりにも長い間、薄情な理屈に晒され、そして忘れてしまっていたのでしょう。正義とは何か、世界がどうあるべきなのかを。私達が世界を見ていても、世界は私達を見てはいなかった。そう、あまりにも多くの人々が、この世界から忘れられたままで生きてきたのです」

忘れられた人々。恩恵を受けられず、憐れみの対象にもならず、しかし確かに搾取され続けてきた人々。誰も助けてくれない、そんな失望と絶望を押し付けられた人々。だがグレゴリーは、そんな彼らを放置しておこうとは思わなかった。

……思えなかった。

「皆さん。そんな時代は、もうここで終わりにしようではありませんか。……もう終わりにするべきなのです」

教皇のその言葉は、まるで自分自身に言い聞かせるかのようだった。

……いや、実際にそうなのだろう。

「否定しなければなりません、この世界を。そして作らなければなりません、新たな世界を。……私達自身の手で。傲慢な過去を捨て、新たな一歩を踏み出すのです。不可能だという言葉を相手にする必要はありません。前例がないことを恐れてもいけません。我々は新たな歴史を作る、我々こそが平穏な時代の先駆者となるのです」

新たな時代とはなんだろうか？　それはどうすれば訪れるのだろうか？　人々は悩み、苦しみ、そしてその答えを探して来た。

「私は教皇として、ここに宣誓します。持てる力の全てを持って、悪しき世界を粉砕することを。幸福なき世界の現実に囚われた人々を、一人残らず解放することを」

武闘派の長とはいえ、これまで穏健派で通ってきたグレゴリーのこの発言は、極めて大きな意味を持っていた。つまりは彼が本気なのだと言うことを、聖地にいる全ての人々が理解した。政治的に、あるいは感情的に。

「今、王都は魔王カインの手に落ちました。それによって、この世界全ての悪があの地に集まった。これは好機です。終わりにしましょう、この時代を。終わりにしましょう、この呪われた世界を。魔王を滅ぼし、悪しき者達を滅ぼし、清浄な世界を取り戻すのです。……この世界の住人である、我々の手で」

そうだ。勇者も魔王も、この世界には不要だ。

「皆さんはこう思うかもしれません。教皇である私が教会の戦力を使いたいのであれば、ただ命令すればよいではないか、と。教皇とはそれが可能な立場だろう、と。……確かに半分は事実です。しかし同時にそれは……、核心ではない。私達は知ったはずです。自分達が努力しなければ、世界は何も変わらないということを。自分達の意志が無ければ、希望は掴めないということを。そして……」

グレゴリーは一度息を飲み込んで呼吸を整えてから、改めて口を開いた。

「そして、我々は自分達の意志で、互いの手を繋がなければならないということを」

人に他人の心は読めない。意思も意志もなければ、その手は永遠に離れたままだ。

この段階において、政局に長ける高位の神官達は大義名分を理解した。

教皇が始末したいであろう『悪しき者達』の内、最も消し去りたい存在である王都民と勇者ヒロトは既に王都にはいない。つまり単に打倒魔王カインを掲げるだけでは、本当の敵を討つことは出来ない。

だからこそ必要なのだ。教会の人間でもなく、女神教徒でもない者達が参戦する理由が。そして彼らを死地に追い込むための名目が。

教会だけではなく、この世界の人々が力を合わせて魔王カインを打倒しましょうと、つまりグレゴリーはそういう言い分で『奴ら』を戦いに誘い込むつもりなのだ。

「陽はまた昇ります、我々の勝利の暁に。忘れ去られた人々が忘れられたままの時代は終わり、我々は皆で同じ空を見上げ、そして新たな時代の到来を分かち合うのです。そう、皆で共に喜び、皆で共に悲しみ、そして皆で共に祝福を受けるのです。それが独善だというのなら、それをこの世界唯一の善としようではありませんか」

ここに、教皇は価値観の多様性を否定した。そう、利己主義者達に利用されるだけの多様性を。

「さあ、お話の時間はもうそろそろ終わりです。我々は行動しなければならない。我々は……、戦わなければならない。そうです、戦うのです。口先だけの平和主義者を受け入れてはいけません。人を幸福にすることも知らない平和主義者の言うことなど……。戦うのです。そして勝ち取るのです。我々の平穏を。我々の……、未来を」

グレゴリーは再び息を吸うと、最後の決定打となる言葉を放った。

「私はここに、聖戦の開始を宣言いたします！」

聖戦。つまりは教会の総力を上げた全面戦争。教皇になってから初めて、彼はその地位にだけ許された強権を発動した。

そして宣言が終わった瞬間、こうなることを理解していた高位の神官達が一斉に立ち上がり、それぞれの杖や剣を掲げた。それはつまり、同意と賛成の表明だ。二階にいた低位の神官達も、少し遅れてそれに習った。

混乱した三階、騒然となる聖地。

しかしやがて、教皇の宣言を肯定する声が聖地を満たした。

「そうだ！　俺も戦うぞ！」

「こんな世の中はもう御免だ！」

不満を持っていたのは皆同じ。この苦しみが自分達の代で終わるのなら、子や孫達が穏やかに過ごせるのなら、そう言って人々は立ち上がった。

そうだ。

正義など、所詮は肯定された憎悪でしかない。ならばもう十分なはずだ。

若き日に思い描いた理想。

善意で満たされた平穏な世界。

その理想郷を実現するため、教皇グレゴリーもまた最後の勝負に打って出た。

……そうだ。

この世界には、どこを探しても王道などない。
あるのはただ、覇道だけなのだから。

エピローグ

カインは執務室で辺境伯フランキアから報告を受けていた。主な内容は軍の再編状況についてである。

「主力の再編は既に完了しております。我々が連れてきた主力が一万五千、王都にいた軍が六万、総勢七万五千の大軍です！」

この世界の歴史において、人間同士の戦争で一万以上の軍勢が激突したことなど殆ど無い。魔王との戦いでは超えることも多くなるが、それでも片方の陣営だけで一万超えというのは珍しい。

その感覚で言えば、七万五千というのは確かに大軍と表現して差し支えはなかった。

「物資は？」

「王都内から掻き集めた分でなんとかなりそうです。あと一週間ほど頂ければ、遠征の準備は完了します」

フランキアは既にこの戦いを勝ったつもりでいた。むしろこれだけの圧倒的な戦力を率いて、どうやって負けろというのかわからないぐらいだった。

「よし。準備が出来次第、聖地に向けて軍を進めるぞ」

「はっ！」

戦力を再編し、聖地への進軍を計画していたカイン達。そこへ、慌てた様子の兵が飛び込んできた。

「た、大変です！」

「何事だ！　陛下の御前であるぞ！」

「待て、フランキア。まずは報告を聞こう。何があった？」

カインはフランキアを制止した。物事には優先順位というものがある。自分達よりも弱い立場にある兵が青い顔をして飛び込んできたとなれば、礼儀の云々など気にしている場合ではない。

「は、はいっ！　偵察から報告！　数日前に聖地を大規模な軍が出発し、この王都に向けて進んでいるとのことです！　数は少なく見積もって五十万！　さらに別の隊からは、五万を超える別働隊がいるという報告も入っています！」

「なんだと⁉」

報告を聞いて声を上げたのはフランキアだけだった。カインは眉をひそめただけだ。しかしその表情には確かに焦りの色が浮かんでいる。向こうも相当な規模の戦力を出してくるだろうとは考えていたが、しかしこれはその予想の水準を大きく超えている。十万を超える軍勢など、この世界の歴史において初めてではないだろうか。

「本当なのかそれは⁉　敵に踊らされているのでは無いだろうな⁉」

「別々に動いていた偵察隊全てから、同様の報告が上がってきています！　おそらくは……」

事実だ。カインは狼狽したフランキアを見ながらそう思った。にわかには信じられないが、しかし『あの男』ならばそれぐらいやっても不思議では無い気がしたのだ。

（流石に全部が正規の僧兵ではないだろうが……）

教会の武僧というのは、日頃から軍事的な訓練を受けている神官である。そしてそれは、戦時だけの徴用兵も多いこの世界においては最上級の戦力となる。勇者や聖戦士という例外を除けば間違いなく世界最強である軍隊を、まさか五十万もの規模で隠し持っていたということはないはずだ。

なにせ、王都ですら人口は三十万に届かないのだから。おそらくは相当な数の聖地住民を組み込んでいるのだろう。

「戦力の内訳はわかっているのか？」

カインは敵が本命の部隊をどこに配置したかが重要だと判断した。少なくとも真正面からぶつかる役目を与えることはないのではないだろうか？

「いえ、そこまではまだ……」

「確認を急がせろ」

そんな二人のやり取りを見ながら、フランキアは息を呑んだ。軍事学の退化したこの世界において、戦力の逐次投入が悪手だという認識は一般に浸透していない。故に……、いや、だからこそ感じ取った。

本気だ、教会は。

そしてあの教皇は。

（五十万……。そんな数字、見たことも聞いたこともないぞ……）

フランキアは半ば呆然とした。こちらだって、主力の大半は徴兵した平民達だ。精鋭ぞろいの僧兵を数で圧倒するつもりだったというのに、これでは話が違うではないかと。

こちらの軍勢は『たったの』七万五千。真正面からぶつかれば、確実に呑み込まれる。

フランキアはここでようやく理解した。

万人による、万人に対する……、万人のための闘争。勝つか負けるか、生きるか死ぬか、滅ぶか滅ぼすか。多様性を否定し、単一の価値観で世界を埋め尽くす。

　これから始まろうとしているのは、そういう種類の戦いだということを。

†

　ティナは王都を脱出し、北に向かって馬を走らせていた。空には黒い雲が蠢いている。

　だが焦る彼女の気持ちに対し、馬は思ったほど進んでくれない。僅かな休憩だけで走り続けているのだから当然だ。もしも今乗っているのが馬ではなくダイパーウォンバットだったならば、おそらく状況は違っていただろう。

　ティナはあの魔獣のありがたみを初めて噛み締めた。見た目の呑気さと、どういうわけか『おむつ』を愛用する習性を持っていることで油断しがちだが、あの圧倒的な体力は長距離移動用の騎獣としては極めて優秀だ。おまけに速度も馬に少し劣る程度だとなれば、もう言うことはない。

（とにかく急がないと！　あの人の言う通りだとしたら、一ヶ月もしない内に戦いが始まっちゃう！）

　彼女の脳内には、これからこの世界で起こるであろうことが現実感を持って浮かんでいた。カインは彼女に対し、数週間以内に王都戦力の編成を終わらせるつもりだと言っていた。それはつまり、聖地に侵攻する準備をそれまでに整える予定であることを意味する。

　しかし、王都内に入り込んだ密偵が、まさかそれを聖地に報告しないわけがないではないか。そうなれば当然、教会側も戦力を準備し始めるはずだ。

（本当かどうかわからないけど、教会に準備万端で来られたら、王都の戦力じゃとても……！）

彼女が王国を出発したのは、聖地に向かった偵察からの報告が来る前だ。つまり彼女は、教会が投入した戦力の規模について知らない。しかしこのままでは王国軍に勝ち目がない事実には何も変わりがない。

確かにカインが持つ勇者の力は無敵と言っていいほどに強力だが、しかしそれは攻撃の面に関してだけだ。見えない壁という強力な防御手段があるとはいえ、自分の意思で展開しなければならないそれには大きな隙がある。奇襲、あるいは多大な犠牲を覚悟で持久戦を挑まれてしまえば、カインの敗北は十分に有り得る話だ。そして聖地にいる武僧というのはつまり、実際にそれを実行するような連中である。鉄壁の防御を誇る聖鎧さえあれば問題は解決するが、しかしティナの知っている限り、それは現在、魔王城にあるはずだった。

(つまり教会は『魔王が魔王城にいる』って思ってるはずよね?)

どうやら全身を隈無く覆い隠してしまう聖鎧は、影武者を立てる道具としても優秀らしい。難点を挙げるとすれば、敵陣に潜入していた味方にも正確な所在がわからなくなってしまうということだろうか。彼が鎧を着ている姿しか見たことがない者に関しては特に、だ。仮に魔王が鎧を脱いで敵地にいたとしても、まさかそれが魔王だとは気が付かないのである。

ティナを始め、情報収集のために各地に出ていた者達は、誰もが自分達の王は魔王城にいるものだと判断していた。

(どうしよう! このまま王国と教会がぶつかったら、たぶん王国が負ける! その後で私達が出ていっても、同じことを繰り返すだけになっちゃう!)

戦力の逐次投入。軍事の知識は無かったが、ティナは今の状況をそう見ていた。教会を打ち破るためには、王都の戦力に加えて魔王軍の力が必須だ。

そう、『赤い瞳の王』にとって本当の意味での味方が。

ティナは懐を確認した。そこには、カインから渡された一通の手紙が入れられている。

もちろん未開封だ。

もしかしたら自分が知っている以上に恐ろしい情報が書かれているかもしれないと考えついて、ティナは手綱を握り直した。中を確認するのは魔王城に到着してからでもいい。とにかく、今は味方に非常事態を知らせるのが先だ。

（あと少し！）

魔王城がある山の麓まで来たところで、白い息を吐く馬がついに限界を迎えた。ティナはその場で馬を乗り捨てると、今度は自分自身が白い息を吐きながら山の頂上まで一気に駆け上がった。

「あれは……。おい、ティナの奴だぞ」

「なんだ、戻ってきたのか。……おやつの予約でもしに来たのか？」

おむつを履いた魔獣並に呑気な門番が二人。彼らは、まさかよりにもよってティナが重要な情報を持ってきたとは思わなかった。彼らだって、鎧を脱いだ魔王が王都にいるとは思っていない。

「大変なの！　王国と教会が全面戦争になる！」

彼女は思っていた。

自分が魔王軍を連れて王都に戻ることが出来るかどうか。そしてそれが王国と教会の衝突までに間に合うかどうか。それがこの世界の今後を左右すると。

そう、ティナは知らなかったのだ。教皇グレゴリーが、既にカインを魔王だと断定していることを。そして既に魔王軍の参戦すらも織り込み済みであるということを。

魔王城の空を覆う漆黒の雲が、世界の未来を予感して雷を纏い始めた。

善と正義の表皮は剥がされ、隠された狂気と傲慢が姿を見せる。

腐りきった倫理《ラトゥンエシックス》と道徳律の誘惑が、世界の全てを蝕《むしば》んでいた。

番外編

『エノク暗殺』

これは国王がまだ先代のエノクだった時代、つまりカインが王となる前の話だ。

†

国王エノクは、執務室で手元の紙を睨んでいた。

「うーむ。また収穫は無しか。それどころか王都の外にまで範囲が広がってきているな」

彼が見ているのは、最近になって王都周辺で頻発している失踪事件の捜査資料である。十代の若者達が何の予兆も無く失踪し、それ以降は音沙汰も無ければ死体の一つも出てこない。大事に発展する可能性を感じて、騎士団に調べさせていた案件だ。

「御期待に沿えず、申し訳ございません、陛下」

正面に立った騎士団長マグロイは、本当に申し訳なさそうな表情をした。

「いや、いい」

エノクは特に彼を咎めようとはしなかった。少々柔軟さには欠けるが、マグロイは非常に正義感溢れる男である。単純そうな振る舞いの割には案外頭も切れるので、彼で駄目なら他の人間に指揮を取らせても変わらないだろうとエノクは考えていた。

「だが、やはり気になるな」

「はい。特に若と同年代というのが気にかかります」

「うむ……」

国王エノクの息子カイン。マグロイから若と呼ばれている彼は、もうそろそろ十代の後半に突入しようとしていた。つまりマグロイの言う通り、失踪した少年少女と同年代なのである。

（仮に関係あるとすれば、刺客として使うつもりか？……いや、それなら警戒度を上げるから逆効果だ。となると本当に鉄砲玉という線も……？）

唯一の後継者として、次の国王の地位が約束されているカイン。

彼は様々な意味で常に狙われていると言っていい。残念ながら今の世の中は明るいとは言い難く、将来を悲観した若者達が同年代で成功を約束されているエノクの息子を妬んで殺そうとしても、別に不思議はない。

（まあ、実際はそれほど良いものでもないがな）

エノクは内心で苦笑いした。

息子のカインも薄々気が付いてきたようだが、国王という仕事は端的に言って激務である。一見して華やかに見えるが、それは人前では意図的にそう演じなければならないということでしかない。

つまりは舐められないように、侮られないように。

そして執務室で待っているのは山のような書類と頭を抱えたくなる問題の数々。『まともじゃ王様は務まらない』と言い切った者がいるのも納得である。

「カインにも暗殺に注意しておけとだけ言っておくか」

「陛下、それならば不要と存じます」

「ん？　なぜだ？」

エノクは言い切ったマグロイの言葉に首を傾げた。確かに彼には幼少のカインの教育係を任せたりもしたのだが、それにしても自信有り気である。

「王になった時のためと、最近は常に鎧を身に着けておられますので。いつ射掛けられても良いようにと、なんと兜まで」

「ああ……」

エノクはなんとなく察した。

単純な話だ。謁見の際に国王が来ている服というのは、実は非常に重いのである。

相手を威圧するための派手な装飾もそうだが、いきなり襲われても大丈夫なようにと、中には鉄板が入っていたりする。そしてそれを着たまま平静を装いつつ、時には謁見に来た相手と神経を磨り減らすような駆け引きをしなければならない。つまりしっかりと体を鍛えておかなければ国王は務まらないのである。

そして、どうやらカインはそのことを理解したらしい。

してしまった、と言った方がいいかもしれない。

(王子の自覚が芽生えたと喜ぶべきか……、あるいは国王業に夢が無いと気づいた息子を憐れむべきか……)

父親としては内心複雑なエノク。しかし齢四十を過ぎて、そろそろ謁見が肉体的に辛くなってきたのも事実。玉座を息子にぶん投げて楽になりたい衝動が国王を襲った。

「あの若が、ついに王族らしい振る舞いを……。儂はもう、感激で胸がいっぱいです！」

「あ、ああ……。そうか……、良かったな……」

拳を握りしめて涙を流し始めたマグロイ。彼はきっと、教育係を任された自分の想いがついに伝わったと思っているのだろう。エノクの前だというのに、自分のことを普段通りの口調で『儂』と言ってしまっているではないか。どうやら本当に素で感動しているらしい。

しかしエノクは思った。

たぶん通じていないだろう、と。

（あいつのことだ、きっと『服が重すぎて歩けないとか恥ずかしすぎるだろ』とか考えているに決まってる）

エノクは手元の資料を放り投げると、軽く体を伸ばしてから立ち上がった。

「よし、とりあえず休憩だ。失踪の件は引き続き調べてくれ」

「はっ！」

執務室を出たエノクは、王宮の奥にある私室へと向かった。

（ん？　あれは……）

二階を歩いていると、吹き抜けから見える中庭で何かが光った。どうやら誰かが歩いているらしい。戦争中でもないのに全身を金属鎧で覆っていて、黄色い空から降り注ぐ日光を反射している。

しかしなんとも不慣れというか、着慣れていない感じだ。

（……ああ。もしかしてあれがカインか？）

エノクは顔の見えない男の正体に思い当たった。

（なるほど。こうして見ると、確かに前向きに国王になる準備をしているようにも見えなくもないな）

なんだかんだで自分の息子である。彼は腕を組んで、しばらく中庭を見下ろしていた。

（勝手口に向かっているのか……？）

鎧を着たカインらしき男は、中庭を歩いて真っ直ぐに王宮の勝手口へと向かっていた。

そこは主に使用人達が出入りするために使われており、仮にも王子であるカインが向かう理由は無いはずだが……。

気になったエノクは、こっそりと尾行してみることにした。音を立てないように二階から中庭に飛び降りると、すかさず近くの花壇に身を隠す。

（歩くたびに鎧がガチャガチャ鳴っている。これなら少しぐらい音を立てても大丈夫だな。……尾行の素人である私でも行けそうだ）

この王宮の二階というのは、普通の建物の三階ぐらいの高さがある。そんなところから飛び降りて大丈夫な人間を、果たして素人と呼んで良いものかは難しいところだ。

着慣れない鎧を着て歩く王子と、それをこっそり追いかける国王。ちょうど近くを通りかかった侍女は、明らかに不審な行動を取っている親子を発見して固まった。

（やっぱり親子だわ……）

彼女が引いた目で二人を見ていたのは言うまでもないだろう。

だがもちろん、本人達にそんな自覚はない。国王エノクも、そして王子カインも、だ。

（それにしても、本当に何をしに行くんだ？）

さて、そんな侍女の視線に気がつくこともなく、エノクは息子の成長（？）を熱心に観察していた。

（まさか……、下の立場の者達の生活を自分の目で確認しようとしているのか？）

実際に王の立場になった際に注意が必要なのは、果たして自分に上がってきた情報がどこまで正確なのか、ということだ。不正確なのはまだ良い方で、嘘が混じっていたり、意図的に欠落があったりする。だからこそ、自分自身の目で実態を確認するというのは非常に重要だ。

マグロイの言っていたことを話半分に聞いていたエノクも、カインがいよいよ本当に次期国王としての自覚に目覚めたのかと顎を撫でた。

そう、撫でたのだが……。

「カイン様！　どこに行く気ですか！　王宮を抜け出して遊びに行こうたって、そうはいきませんからね！」

「げっ！　もうバレたのかっ！」

直後、カインの真の目論見は侍女長によって看破された。

狙いを阻止され、慌てて逃げ出す王子。大変鮮やかな逃げっぷりだ。どうやら鎧を着るのとは違い、逃げるのには慣れているらしい。

「……」

父親はそんな息子の後ろ姿を、なんとも言えない表情で見ていた。

「……戻るか」

エノクは尾行するのを止めて、普通に歩いて部屋に戻っていった。

†

王宮の奥、王家の居住エリアにある自分の部屋で、カインは作戦を練り直していた。

次期国王と言えば聞こえはいいが、唯一の後継者として、彼は幼少の頃から殆ど王宮の外に出たことがない。もちろん社交界デビューはしてはいるのだが、世の中に大きな変化がない現在のそれは活発ではなく、内容も当たり障りのない退屈なものでしかなかった。

露骨に自分に取り入ろうとする者達の思惑をかわし続けるだけの時間の何が面白いというのか。それに父の様子を見ている限り、王になれば別の意味で自由がなくなるであろうことは確実である。そうなる前に、どうにかして外をうろつきたいと思っていたのだ。

(裏口も無理となると、後はどこだ?)

カインはまだ諦めていなかった。謎の地下室を除いて、この王宮内は探索し尽くしている。だからこそ、彼は外の世界をもっと見たいと思っていた。

(外に出る口実、口実……、待てよ?)

悪巧みに限って名案が思いつくというのはよくあることだ。カインはすぐに次の手段を考え出した。

人に見つからないように部屋を出ると、騎士団長であるマグロイの部屋へと向かう。重要な役職についている者は王宮内に執務用の部屋を与えられている。とりあえずそこで待っていれば彼に会えるはずだ。

(父上に見つかるかもしれないな。……まあいいか)

国王の執務室があるのも同じエリアだ。どうせあの父親のことだからすぐに感づいてしまうのだろうが、しかしだからと言ってどうということもない。むしろ周囲の者達が過保護気味だと言っていいかもしれない。

「マグロイ、いるかー？」

「おおっ！　これは若ではありませんか！」

これからどこかに出発する準備をしていた騎士団長。カインはその様子を見て、女神が自分に微笑んでいると思った。

「これから街に行くのか？」

「いかにも！　街で起こっている事件の調査に行って参ります！」

「よし、俺も一緒に連れて行ってくれ」

「何ですと！」

「俺も、そろそろ将来のことを考えないとならないからな。お前達が普段どんな風に働いているのか見ておきたい。王子としてこのまま何もしないわけにもいかないし、王になって身動きが取れなくなる前にできることはやっておきたいんだ」

カインは出来る限り真面目な顔で、そして深刻な様子を装った。

「わ……、若……」

マグロイは数秒間固まった。本当に時間が止まってしまったかのようである。

「若が、若が……、ついにここまで王族の自覚に目覚められた！」

カインの幼少期には教育係を任せられていたマグロイ。再起動した彼は、自分の想いがついに王子に届いたのだと勘違いして感動の涙を流した。両手を握りしめて渾身の男泣きだ。

（ふっ、計画通り！）

王族特有の赤い瞳が輝く。この騎士団長の性格を、カインはしっかりと理解していた。

「だがマグロイ。俺が普通に外に出たらみんなに心配をかけることになる。だから隠れてこっそり行きたい。……頼めるか？」

「もちろんですぞ若！　そういうことならばこのマグロイ、喜んでお付き合いいたしましょう！」

人は何かに希望を見出した時、最も心を無防備にする。この騎士団長は生来の実直さもあって、カインにすっかり騙されてしまった。

支度を終えたマグロイと共に、早速二人で王宮の外へと向かう。小腹が空いた時に備えて腰の袋に入れたパンと水筒をもう一度確認し、鎧を着たカインは騎士団員の振りをしてマグロイの後ろについていった。

（ちゃんとマグロイの部下に見えてるよな……？）

ここでまた侍女長にでも見つかったら大変だ。彼女はマグロイと違って勘がいい。さっきだってそうだった。というか、王宮内でこんな嘘に騙される奴はマグロイぐらいしかいない。

だがその心配も、今回は杞憂に終わった。

外に出るまでに会ったのは、入口に立っていた門番二人だけ。そしてその彼らも、カイン達に敬礼をしただけだ。

王宮の外。ここまで来れば、もうこちらのものである。

生まれて初めて自由に動き回れる王都に、カインの胸はこれまでの人生で最も高鳴っていた。もちろん自由と言ってもマグロイについていくという制約があるわけだが、しかしそれでも尚、これまでとは雲泥の差だ。

「まずはどこへ行くんだ？」

「その前に若、まずは仮の名を決めておきましょう。流石にそのままの名前では、若が王子だとバレてしまいます故」

「ああ、そうだな」

カインはこの時、自分が知らなかったマグロイの一面を見た気がした。賢いとは言い難い振る舞いをすることが多い彼だが、しかしそれでまさか騎士団長が務まるわけもない。

「じゃあそうだな……。よし、トバルでどうだ？」

「それは良い名ですな。では王宮に戻るまでの間、儂は若を部下のトバルとして扱いましょう」

カインがこういう時のために考えておいた名前を、マグロイは特に否定しなかった。というよりも、彼は道義に反しない限りはカインに肯定的だ。

「それで？　どこに行くんだ？」

「まずは最後の失踪者の家ですな。一週間ほど前に仕事に行ったきり、戻っておらんそうです」

マグロイはそう言って歩きだした。カインもその後ろをついていく。自分の足で歩いたことはないが、知っている道だ。

「トバル。これから治安の悪い区画に入る。背後に警戒して進むぞ」

「あ、ああ」

「若、そこは『了解しました』とか『承知』と返すものです」

「しょ、承知しました。……これでいいのか？」

「結構」

笑いながら背を見せたマグロイに気付かれないように、カインは腰の剣を確認した。多少の訓練ならば受けているが、それはあくまでも嗜みとしての見栄え重視の剣術だ。実戦などやったことがない。

（大丈夫か？　まさか本当に戦いになんてならないよな？）

そんな心配をしたカインだったが、不安はすぐに消し飛んだ。いや、上書きされたと言った方が正しいか。

陰鬱と呼ぶに相応しい、湿った暗い空気。騎士団長と共に足を踏み入れたそこには、仮にも王族として生きてきたカインが触れたことのない、日陰者達の領域が広がっていた。

（ここは……？）

ここまでの道中とは違い、この辺の道は石畳ではなく土が剥き出しだ。そしてそんな道の左右には、到るところに人々が座り込んでいる。中には子供も多い。その腕は文字通り骨と皮だけと言っていいほどに細く、腹部だけが不自然に膨らんでいた。

兜の中でせわしなく視線を左右に動かしながら、カインはここが自分の期待していたのとは違う世界であることをすぐに理解した。

「騎士団長殿、ここの者達は……、いったい何をしているのですか？」

カインは人のいない所に入ったのを見計らって、前を歩くマグロイにそっと聞いてみた。後ろからでは顔が見えなかったので気が付かなかったが、振り向いた彼もまた険しい顔をしている。

「何もしておりませぬ。食料はなく、それを買うための金を得られるような仕事もない。今年は不作でどこも食料が不足しております故、尚更……。」

マグロイの口調は、普段のカインに対するそれになっていた。

「……このことを父上は？」

「もちろん把握しております。ですが王宮の備蓄にもそれほど余裕はありませぬ。仮に力技で王都中に食料行き渡らせたところで、せいぜい三日が良いところ。根本的に解決することはないでしょう。それどころか……」

「どころか？」

「この者達には学がありませぬ。迂闊に施しを与えれば、それを当てにして暴動を起こすやもしれませぬ。南方では、実際にそれで状況が悪化したと聞きます」

学がない。それは結構な言い方ではあるが、しかし平民出身のマグロイが言うと説得力が違う。

しかしカインは、せめて自分よりも小さい子供達には施しを与えても良いのではないかと思った。

「お、ここですな」

粉っぽい道を進み、二人は目的の家にたどり着いた。

「頼もう！」

その呼び出し方はどうなのかとカインは思ったが、しかし平民同士ではきっとこれが普通なのだろうと思って突っ込むのは我慢した。

ちなみにだが、平民の視点から見てもマグロイのこれは変である。

「どちらさん？」

出てきたのは、品の無さそうな中年の女だった。隙間の奥には彼の夫と思われる男の姿がある。どうやら遅い昼食中だったらしい。

「騎士団の者だ。行方がわからなくなっているという貴殿の息子について尋ねたい」

その言葉を聞いた女の反応を見て、カインは違和感を覚えた。自分の子供がいなくなっている割には、悲壮感が全く感じられない。それとも平民とはこういうものなのだろうか？　マグロイや侍女長も同じ平民ではあるが、彼らは特に優秀な部類に入るはずだから例外なのかもしれない。

「……ここでいいかい？　忙しいんだ、短くしてくださいな」

女は家の外に出ると、隠すように扉を閉めた。

（ああ、そうか）

カインは可能性の一つにたどり着いた。先程、マグロイは食料不足のことを言っていた。ということは、自分達が食事をしていることを知られたくないのかもしれない。この辺りは治安が悪いらしいから、場合によっては食料を狙った強盗が押し入る可能性だってある。

さて、マグロイが聞き込みを行っている間、カインはやることがないので周囲を見ていた。あまり王宮の外に出させて貰えない王子にとっては、目に入る全てが珍しい。

「ん？」

カインは、いつの間にか建物の陰から一人の子供がこちらを見ていることに気がついた。きっとまだ五歳とか、まあそれぐらいの少年だ。

（なんだ？）

最初は単に野次馬かと思った。しかし彼が不自然に鼻で息を吸う動作をしたのを見て、カインは本当の理由を理解した。

（そうか、匂いだ。さっきこの家の扉を開いたから、少しだけ食事の匂いが漏れたんだ）

周囲には僅かではあるが風が吹いており、少年のいる方向はちょうど風下になっている。きっと空腹の少年は、漂ってきた匂いに引き寄せられてきたのだろう。

（マグロイはまだ話してるな。周りには他に誰もいない……、よし！）

カインは腰の袋からパンを取り出すと、少年にそれを示しながら、できるだけ目立たないように近づいた。その意図が理解できず、金属鎧の騎士に恐怖して立ちすくむ少年。カインはそんな彼に対して何も言わずにパンを押し付けると、すぐに元の場所に戻った。

誰にも見られていないし、気づかれてもいない……、はずだ。

わけがわからず包み紙を開いて中身を確認した少年は驚愕の表情を浮かべて固まっている。しかしパンの匂いが鼻に届いた瞬間、反射的にその場でパンに齧りついた。二口、三口と続いてからようやく我に返り、一瞬だけカインの方向を見てから、残りを紙に包み直して弱々しく来た方向へと戻っていく。

人は自分が善行を積んだと思った時、自己を過大に評価する。パンを大事そうに両手で抱えていく少年の後ろ姿を見て、カインは満足していた。

それがどのような影響を及ぼすかを考えてはいない。自分は少し良いことをした、そこまでだ。

善行から得られる多幸感。

そんな余韻《よいん》に浸っている間に、マグロイは聞き取りを終えてしまっていた。

「特に収穫はありませんでしたな」

少し離れたところまで歩いてから口を開いた騎士団長の言葉がそれだ。反論こそしなかったが、しかしカインは彼に同意する気になれなかった。

……本当にそうだろうか？

（なんか……、変じゃないか？）

強烈な違和感。だがカインにはその輪郭がはっきりと見えなかった。

……それからは同じことの繰り返しだ。

まだ聞き取りを終えていない家々を訪ね、話を聞いていく。だがカインにとって初めて触れる平民達の反応は、どれも似たようなものだった。

まだ成人したかしないかという年頃の子供が行方知れずだというのに、まるで厄介払いが済んだとでも言わんばかりで、動揺している気配が見られない。跡継ぎ、労働力、そして政略結婚の駒。たとえ感情的な面を抜きにしても、純粋に損失ではないのだろうか？　カインには彼らの考えていることが理解できなかった。

それしても……。

（地味な仕事だ……）

当初こそ物珍しさにはしゃいでいたカインも、日が暮れ始める頃には流石にもう飽きてきていた。

これが騎士団員達ならば給料のためと言うことも出来るが、カインはむしろ彼らを雇う側で、完全に無給だ。これでは国王が毎日地味な書類仕事をしているのと大して変わらない。市井への幻想が一つ崩れ去ったカインは溜息をついた。

着慣れない鎧の中で汗だくになりながら、マグロイの後をついていく。お忍び中の王子は前を歩く騎士団長を少し見直した。別に面倒な仕事は全て部下に押し付けてもいいだろうに、彼は団長としての仕事の合間に、こうして他の団員達と同じ仕事もこなしているのだ。

「む？　何やら向こうが騒がしいな」

カインを部下として扱うのにようやく慣れてきたマグロイは、何人かの騎士団員達が走っていくのを見つけた。その方向には野次馬の群れが出来ている。

「行ってみよう」

「はい」

半日の間に、すっかり上司と部下の関係が板についた二人。よほど騎士団を見慣れた者でなければ、まさか部下の方が王子だとは思わないだろう。

「お前達、何があった？」

「あ、騎士団長殿！　殺人です。家無しの子供が一人殺されたんですが、死体が珍しい物を持っていまして……」

「珍しい物？」

話し始めたマグロイ達の輪には加わらずに被害者の死体を見ようとしたカイン。興味本位で覗いてみた彼だったが、その姿を見た瞬間、頭を大槌《おおづち》で殴られたような衝撃を感じた。

「え……、なんで？」

昼過ぎ、最初の家を尋ねた時にカインがこっそりとパンを渡した少年。死んでいたのは間違いなく彼だった。全身には殴られた痕があり、開いたままの瞳はどことも言えない場所に焦点を定めている。

呆然とするカイン。その耳に騎士団員の説明が入ってきた。

「これです、上質紙。孤児にはまず手に入れることは出来ない種類の紙を握りしめていました。おそらくですが、貴族から何かを盗んで、それをさらに誰かに奪われたんじゃないでしょうか？」

それを聞いたカインは、すぐに真実へと辿り着いた。

……パンだ、包まれていたのは。

カインの脳裏に事の顛末が鮮明に浮かび上がる。ここの住人は、僅かに漂う食事の匂いにすら反応するぐらい飢えているのだ。ならばカインが渡したパンの匂いにだって、すぐに気がつくに決まっているではないか。この少年と同じように飢えた者はそこら中にいる。きっとパンを持った少年を狙ったに違いない。手に入れた僅かな食料を守ろうとする少年と、それを殺してでも奪い取ろうとする何者か。それは大人だったかもしれないし、子供だったかもしれないし、単独だったかもしれないし、集団だったかもしれない。その全ての可能性が有り得る。それがここの……、彼らの現実だ。

……どうしてそのことに気が付かなかったのか。

カインは兜の奥で唇を噛んだ。開ききった少年の瞳が、裏切られたと言わんばかりにカインを貫いた。善行は必ずしも善意を満足させる結果に繋がらない。そんなのは当たり前のことではないか。

いや、そもそも自分の行動は本当に善だったのだろうか？

結果として少年を殺しただけではないか。だとすれば自分はむしろ、悪事を働いた悪人ではないのか？　自分自身が悦に浸る行為こそを善と呼ぶのならば、確かに自分は善人なのだろうが。

無条件に信じていた輪郭がぼやけていく。善とはなんだ？　悪とはなんだ？　その境界線はどこにある？　両者は……、いったい何をもって決められる？

「――ル！　トバル！」

そんなカインの肩を、マグロイが揺さぶった。

「戻るぞ、トバル」

「あ、ああ……」

カインは、自分がトバルという偽名を使っていた事を思い出した。先程までよりも遥かに重い足取りで騎士団長の後ろをついていく。

背後に少年の視線を感じたような気がして、彼は一度だけ振り返った。開いたままの虚空が濡れた赤を責める。

帰り道、カインは一言も言葉を発しなかった。発することが出来なかった。

彼の異変に気がついたマグロイが予定を変更して早めに王宮に戻ることにしたことにさえ、カインは気が付かなかった。

「……」

マグロイは何も言わない。カインが少年にパンを渡したことを知らない彼も、それが自分自身で乗り越えるべきものであることは理解していた。自分自身でなければ答えを見つけられない問いであることを察していた。

しかしカインはそんな騎士団長の視線にも気が付かず、ただ俯《うつむ》いて自分を責めていた。

……そうだ、自分はトバルだ。善行を積んだ気分に浸って、その結果がどうなるかを考えようともしなかった愚か者。出来損ないの善人。本当の名前を名乗りもしない卑怯者。

——そうだ。

人は善人を志向して狂人となる。

自分の罪を他人の罰で埋め合わせることを善行と呼ぶのならば、それも良いだろう。だが、前世の業を捨て、因果応報という傲慢な罰からすらも逃避する気分屋に、進み続けられる道などあるのだろうか?

†

その日の深夜、カインはベッドから体を起こした。昼間の少年のことが頭から離れない。彼が自分の行動で死人を出したのはこれが初めてのことだった。

そうだ。大きなミスを犯したのだ、自分は。いや、もしかしたら過去にもあったのかもしれないが、少なくとも把握している範囲では無いはずだ。

自分の行動が他人の人生を左右する。自分の決定が他人の生死を決定付ける。人の上に立つ者が背負わなければならない重圧。今まで考えていなかったそれが、彼の精神に重く伸し掛かっていた。

……喉が渇いている。

カインはこっそりと無人の厨房に忍び込むと蒸溜された水を飲んで喉を潤した。王族ならば人を呼んで部屋まで持ってこさせるのが普通なのだが、そうする気にはならなかった。

……なれなかった。

今までは当たり前のように飲んでいたこれだって、平民達にはそうそう手が出せないものだ。それを強者と弱者の違いと見るか、あるいは義務と対価と見るか。

……どちらも違うような気がした。

（……？　まだ灯りがついている？）

カインは、執務室がある区画にまだ灯りの消えていない部屋があることに気がついた。通路には夜でも灯りが点けられているので、それに紛れ込んでしまっているが、しかし確かに扉の隙間からは光が漏れている。

もしかすると侵入者かもしれない。

カインは近くの壁に掛けてあった剣を取ると、音を立てないようにその部屋に近づいた。

（ボルドーの部屋か）

宰相ボルドー。カインの父エノクの右腕として働く彼の部屋ならば、機密情報を狙って忍び込む者がいてもおかしくはない。

カインは扉に耳を当てて中の様子を探った。しかし特に大きな物音は聞こえてこない。それならばと思って静かに扉を開いて見ると、部屋の中ではボルドーが普通に書類仕事をしていた。

「おや、殿下。如何なされました？……剣術の稽古ですかな？　しかし若者はもう寝る時間ですぞ？」

「お前の方こそ。まだ仕事をしているのか？」

「ええ、如何にも。王都だけでなく、他の王領内でも失踪する者が出始めましたので、一刻も早く対策を打たねば。ただ死ぬだけならばまだしも、こう連続して姿を消すことなどそうそうありませんからな。何か大きな陰謀の予兆かもしれませぬ」

「そうか……。ちなみになんだが……、食料とかはどうなんだ？　最近は不作で、満足に食えていない者も多いと聞いたが……」

ちなみに『聞いた』ではなく『見た』が事実だ。マグロイと一緒に歩き、カインは王都の下層に位置する者達の現実を、直接自分の目で確認した。

「ほう、殿下もいよいよ市井に興味をお持ちか」

これは明るい話題なのだろうか？

カインには、疲れた様子のボルドーの表情が少し明るくなったように見えた。

「確かに芳しくありませんな。局所的にはともかくとしても、全体としては絶対的に量が足りておりません。直轄地に関しては開墾と作付に人を多めに割きましたが、結果が出る来年までは我慢となるでしょう」

「備蓄はないのか？」

それを言った直後、カインはマグロイの言葉を思い出した。備蓄自体はあっても、量が足りていないのだろう。事実、ボルドーも答えにくそうな顔をしている。

「残念ながら十分な量は。むしろ長期の保存に適した倉が足りないと言う方が正確でしょうな。冬を越して一年程度ならともかく、それ以上の期間となると……」

「そうか……」

害虫や気候の変化、あるいは火事や盗み。障害となる要素は案外に多い。

この世界の現在の技術力では、大量の食料を何年にも亘って保存するのはかなり難しかった。可能かどうかで言えば可能だが、コストが全く合わない。

だから一年でも不作になっただけで、こうなるわけだ。

カインの脳裏で、あの少年がこちらを見ていた。ボロボロになった体で。焦点の定まらない瞳で。

「他の所からは持ってこれないのか？　余ってる所もあるんだろう？」

「それでも足りませぬ。それに彼らとて、自分達の生活があります。もしも無理に取り上げるようなことを続ければ、不公平感から暴発しかねません。そしてそうなった時の矛先がどこに向くかは……、議論するまでもないでしょうな」

世の中はそう単純ではない。そして人の内面というものも。まだ十代のカインには、この問題が八方塞がりのように感じられた。

「殿下。世の中を自分の気分一つで変えられるのは神だけです。我らはどこまで行っても人間。人は人に出来ることしか出来ませぬ。……たとえそれが王であったとしても」

……そうだ。王族だろうが、王子だろうが、そして次期国王だろうが、所詮はただの人間だ。

「さあ、そろそろお休みください。殿下はいずれ国王になって頂かねばならない身。体に差し障ってはなりませぬ」

カインは生返事をしてから部屋を出た。

廊下には誰もいない。しかしボルドーの部屋以外にも、もう一つ別の部屋に灯りがついていることにカインは気がついた。父であるエノクの執務室だ。しかしどうやらこちらにいるのは彼だけではないらしく、中から話し声が聞こえてくる。

「結局のところ、保存をどうにかしなければ、何も変わらんということか」

「啓蒙《けいもう》も必要かと。今のままでは、後先を考えずに食い尽くしてしまうだけです。実際、今年もそうでしたからな。不作が無かったとしても、綱渡りであるのは変わりません」

「毎日小分けにして渡すのはどうだ？」

「倉が足りません。それにますます自分達で備えをしようとしなくなります。仮に供給が滞れば、民は陛下の不誠実だと思うでしょう。また教会辺りが利用しようと考えても不思議ではないかと」

カインは扉の前から離れると、自分の部屋に向かって歩き出した。

結局のところ、何も考えていなかったのは自分だけだった。そもそも、そんな容易に解決する問題なら、とっくに解決しているはずだ。ここまで残っているわけがないではないか。

カインは部屋に戻ると、灯りを点けないままで椅子に落ちるように座った。手を組み、自分の考えの甘さを戒める。

反省とは、過去の自分を直視することだ。

惨めで無様な自分という現実を受け入れることだ。

次期国王は心の中で、あの少年の最後の視線に向き合った。

暗い部屋の中で、一対の赤い瞳が輝く。

その姿はまるで、何かに祈っているかのようだった。

†

「陛下、もうじき教皇猊下がいらっしゃる時間です」

執務室でいつものように書類仕事をしていた国王エノク。彼は呼びに来たボルドーの言葉で初めて時計を見た。

「おお、もうそんな時間か」

確かにそんな頃合いだった。何かの作業に没頭していると、時間が経つのに気が付かないものである。とはいえ、まだ急ぐような時間ではない。エノクは謁見用のマントを取りに行くついでに、少し休憩することにした。

執務室を出て、自分の私室に向かう。本来は二人部屋なのだが、妻は既に他界しているので使っているのは彼一人だ。

二階へ続く階段の手前で、彼はちょうど自分の部屋を担当する侍女を見つけた。

「エドネか。悪いが私の部屋に紅茶を持って来てくれ」

「かしこまりました。……かなりお疲れですね？」

「ああ。なんというか、色々な意味で頭が痛い」

天を仰ぐ勢いで階段を上る国王。窓から見える黄色い空は、彼の心情を反映したかのように澱んでいた。気分を無理やり持ち上げるように階段を上る。

「はぁ……」

だが中年に階段の上りは結構堪えた。エノクはようやく私室にたどり着くと、ソファに座り込んだ。侍女のエドネが紅茶を持って入ってきたのはその直後である。

「……早いな？」

「ちょうど湯を沸かしておりましたので」

この侍女、愛嬌という点ではイマイチだが、仕事の手際は非常に良い。エノクは彼女が注いでくれた紅茶を一口飲んでから、溜息をついた。そもそもの話として、彼が国王として取り組まなければならない問題は山積している。

治安、食料、財政……。

それぞれが互いに影響し合っているせいで、解決しようとしても中々前進しない。

「必要だとわかる前に取り組んでおくのが学問ということか……」

「はい？」

「いや、なんでもない」

エノクは苦笑いした。だが改めて考えて見ると、『この本は盗作です』というタイトルの本に端を発した惨殺事件の影響で、学問の発展が完全に止まってしまっているのは非常に痛い。

要は解決の糸口も突破口も見つからないのである。物価を安定させるには何が必要なのか、効率的に治安を維持するには何が有効なのか、大量の食料を長期保存するにはどうすればいいのか。

……そういったことが全くわからない。

手探りで考え、実践し、そして期待外れの結果に溜息をつく。そんな日々の繰り返しだ。

（財政難だからと目先のことを優先してきたが……。やはり研究を行う機関を作るべきか？）

所謂、研究者というのは、基本的に穀《ごく》潰し扱いである。

平民にとっては肉体労働をしない時点で論外であるし、貴族からも外聞が悪いということで敬遠されてきた。

しかも取り組みが即座に結果につながる保証はなく、理解が無い者達を納得させることは不可能に近い。やるとすれば、国王の権限で強引に推し進める以外に方法はないだろう。

「ゴールに相談するか」

「はい？」

この侍女は中年の独り言によく反応してくれる。

「いや、なんでもない。いつも通り美味い茶だった、ありがとう」

エノクはマントを身に着けると、無言で頭を下げたエドネを置いて部屋を出た。

これからやってくるのは、先日新たな教皇となった男、グレゴリーだ。以前から教会の有力者の一人であった彼とは初対面というわけではないし、先日の即位式でも顔は合わせているので、政治的には特に警戒するようなイベントではない。

「陛下。我らの前ならともかく、教皇猊下の前で気を抜いてもらっては困りますぞ？」

気を抜いて謁見の間に入ったエノクに対し、ボルドーが釘を刺した。

「いや、すまん」

あっさりと謝る国王。本来ならば由々しき事態なのだが、この部屋にいるのは二人だけだ。そしてこのやり取りこそが、彼らの信頼関係を物語っている。

それに、警戒を怠ってはいけない相手だという意見も確かに間違ってはいない。教会内部の権力闘争というのは、容易く本音を覗かせるような者に勝ち上がれるほど甘くはないのだから。

（向こうがどんな姿勢で来るのか、わからんな。だが武闘派の長か……）

教皇が到着してから姿を見せるか、あるいは玉座に座った状態で迎え入れるか。今回はただの挨拶だから、儀礼上はどちらでも問題はない。

エノクは玉座に座って教皇を待つことにした。

グレゴリーは強力な魔法を武器に、武僧として名を挙げた人物だ。ということは武に長けた者の動きも見慣れているはず。こちらが彼の後から謁見の間に入り、玉座まで歩いていく所作を見せれば、あるいは軟弱と舐められる可能性もある。

それに客人を待たせるというのは、やはり友好関係を演出するには不利だ。新たに教皇という最高権力を手に入れた相手の方針がまだわからない以上、いきなり距離感を意識させるのも躊躇われた。

「よっこらせ」

まだ客人のいない謁見の間で、エノクは重い服と共に玉座に座り直した。

姿勢を直し、教皇を迎え入れる準備をする。

「教皇猊下の、御到着です！」

しばらくして、新たな教皇となったグレゴリーがやってきた。

一見して敵意剥き出しといった様子ではない。それどころか穏やかな笑みを浮かべ、友好的にすら見える。そして、お供は一人だけだ。

そのことに気がついたエノクとボルドーは、顔の向きをそのままに視線だけを合わせた。

通常は二人だということを踏まえると、これは何かの政治的メッセージだろうか？

（敵意はないことのアピール、あるいは自分に対する自信の表れか？）

彼が武闘派の領袖でなければ答えは簡単で、間違いなく前者である。しかし今回は判断が難しい。

『極めて強力な魔法を使う男』

グレゴリーという人物に関して尋ねてみれば、まず確実にそこに言及される。果たしてその事実をどう見るべきか。グレゴリー本人もそのことをわかった上で、お供を一人だけにしたのだとしたら、向こうも様子を窺っているということになるが……。

（さて、どちらだ？）

武闘派らしく好戦的な方針なのか？

しかし評判や本人の振る舞いを見る限り、穏健派のようにも見える。

ますますわからない。

（いや、判断は時期尚早だな）

時に、権力は人の本性を暴き出す。教皇という最高権力を手に入れた今、これまで腹の中に隠してきたものが表に出てくる可能性は十分にある。

あるいは……。

（これから狂うか）

人は器に見合わない力を求め、そして破滅へと向かう。まさか聖職者だけが例外なわけもない。

「これは教皇猊下、よくぞお越しくださいました」

この世界において、王と教皇の格は同等ということになっている。

実際にはそれぞれが率いる勢力の力関係で上下するのだが、少なくとも建前上、特に儀礼的な意味においてはそうだ。

教皇には椅子が用意され、座面が王の座る玉座と同じ高さになるように調整されていた。高さを稼ぐためにどうしても脚が長くなってしまうため、足場もセットだ。

「こちらこそ。お時間を頂き、誠にありがとうございます」

グレゴリーは一度会釈をすると、国王に促されて椅子に座った。その様子を見ながら、エノクは今度の教皇が非常に手強い相手である可能性を予感していた。いや、それは既に確信に近いところまで来ている。

（老体を支えるのに杖は必須、そしてそれは同時に魔法を使うための道具でもあり、本人は魔法の名手……。なるほどな）

言ってみれば、相手に対して常に刃を突きつけている状態なのだ、この男は。

だからわざわざ威嚇《いかく》や恫喝《どうかつ》をする必要はない。自分が武闘派の長で、大砲よりも遥かに強力な魔法をいつでも放つことが出来るという事実さえあれば、後は相手が勝手に忖度してくれるというわけだ。

（いや、そもそもおかしい話か）

相手は教皇である。

王族が国王になるのとは違って血筋による後押しが一切無く、自分の力で成り上がらなければ辿り着けない地位なのだ。こちらが油断してもいい教皇など、存在するわけがないではないか。

（武闘派の教皇がこれほどやり難い相手だとは……、迂闊だったな）

……危険な相手だ。

それから行われた二人の会話は極端に無難な内容だったが、しかしその水面下で腹の探り合いをしながら、エノクはこのグレゴリーという老人をそう結論付けた。

戦争の時の一体感とは裏腹に、武僧というは政治的な纏まりに欠けると言われている。それを政治的にも一つに纏め上げた手腕。なるほど、それだけでも厄介そうな老人だと。

「それでは国王陛下、今後共よろしくお願いいたします」

「ええ、こちらこそ。教皇猊下」

戦争の始まりはどこからなのか。

宣戦布告をした時？

最初に攻撃した時？

一人目の死人が出た時？

僅か数十分の会談の中身は、表面的な部分に限って言えば何もない。ただ儀礼的なやり取りに付随して、差し障りのない会話をしただけだ。しかし、それでは双方の胸中はどうであったのか。

牽制に重なった牽制。

数ある選択肢の中からどれを選び取ったかで、相手の気性や力量はよくわかる。油断ならない相手だという感想を持った点において、互いの意見は完全に一致した。

背を向けて退室していく教皇グレゴリーを見ながら、国王エノクは懸念事項が増えたと頭を抱えたくなった。

「先代の教皇も油断出来ない相手でしたが、今度もまた厄介そうですな」

どうやら、宰相のボルドーも同じような感想を持ったらしい。

「ああ。武器を持ち込めない場にも堂々と武力を持ち込めるのが特に大きいな」

「常時戦闘態勢……。武道家としては理想的なのでしょうが……」

政治の基本は軍事力と経済力である。しかし軍人や武人として、あるいは商人や職人として腕を磨けば、その分だけ政治的な影響力の確保は難しくなる。

これまでも同じことが出来ないかと考えた者は大勢いたが、しかし実現することは無かった。

政治的な立場を得ると同時に、単独で脅しとなれる水準の魔法を身につける。如何に才が溢れる者であっても、それは簡単なことではない。

（それ相応の研鑽を積み重ねたということか。しかし何のために？　遠回りをするような性格には見えなかったが……）

エノクには、グレゴリーが何の理由もなく魔法を身につける人間だとは思えなかった。何か、確固たる目的があるはず……。そう思えてならない。

「ボルドー。教会の中で争うのに、魔法の腕を磨く必要があると思うか？」

「有利には働くでしょうが……。間違いなく割に合いません」

「となると……、やはり教会の外に対して使うつもりか？　今までが大人しかったことを踏まえると、これから動き出す気かもしれんな」

「戦争、でしょうか？」

ボルドーはまず最初にその可能性を考えた。当然だ、あの男は武闘派の領袖《りょうしゅう》なのだから。教会の戦力を即座に動かすことが出来るし、それが求心力を維持するための手っ取り早い手段にもなる。

「どうだろうな。流石に大義名分も無しでは動けんだろうし、こちらが隙を見せるのを待っている可能性もある」

『それに関してはまた改めて考えよう』と言って、エノクは立ち上がろうとした。まだ書類仕事も大量に残っているから、それを今日中に片付けなければならない。

「――!?」

しかし椅子から腰を浮かせ終わろうかというところで、エノクは固まった。

呼吸を止め、目を見開いている。

「……陛下？　どうされました？」

ボルドーは最初、それをギックリ腰か何かだと思った。エノクもついに自分達と同じ悩みを抱えることになったのだと思ったのである。

だが、直後に国王が苦しそうな表情で胸を押さえて倒れたのを見て、そうではないことを理解した。

「陛下!?　大丈夫ですか陛下！」

慌てて駆け寄り、呼びかける宰相。しかしエノクにはそれに反応するだけの余裕がない。

全身から油のような汗が吹き出し、呼吸すら満足に出来ない様子だ。

（これは……、なんだ？）

エノクは突然襲ってきた体の異変に混乱していた。

抗えないほどに心臓が痛む。いったい自分の体に何が起こったのか。確かなのは、これが間違いなく命の危機だということだ。

「医者だ！　医者を呼べ！」

宰相が叫び、近衛の兵士が走る。しかしその騒ぎすらも、エノクには遠く聞こえた。

その代わりに佇む、逃れようのない死の予感。

エノクは体で理解した。

……自分はここで死ぬのだと。

「カイ、ンを……ここへ……」

エノクは苦しい呼吸の中で、なんとかその言葉を捻り出した。

(言っておかねば……。せめて『あの事』だけは……、直接……！)

†

「ふん。馬鹿な男だ」

騒がしくなった一階の様子を、侍女のエドネは冷めた表情で二階の吹き抜けから見下ろしていた。

眼下の中庭では、医者を探す者達が走り回っている。

「他人に出された物を疑いもなく口にするようでは、話にならんな」

その口調は普段の彼女のものではない。まるで男のような口調だ。

そしてその声も……。

彼女はエノクに飲ませた毒入り紅茶の残りを飲み干して証拠を隠滅すると、近くにあった部屋に入っていった。

しばらくして出て来たのは、この王宮で雇われている老医者だった。部屋の中には他に人の姿はない。

……もちろんエドネの姿も。

「さて、もう一仕事といくか」

『男』は何も知らない体《てい》を装いながら、階段を降りて一階へと向かった。

「もし。騒がしいようだが、何かあったのかな？」

『男』は先程とは全く異なる声と口調で、近くにいた侍女を捕まえて尋ねた。

「先生！　良かった！　大変なんです！　陛下が急に倒れられて！」

「なんと、それは大事だ。陛下はどちらに？」

「謁見の間です！」

侍女は長いスカートを摘んで上げると、医者が見つかったと叫びながら謁見の間まで先導した。

『男』もまた、わざとらしく見えないように慌てた様子を演出しながら、その後ろを走っていく。

（ふん。今更慌てたところで、もう手遅れだがな。あの毒は効くまでに時間がかかるが、一度効果が出始めれば、人間ではもう抗えん）

二人が謁見の間に到着した時、既に王子のカインもエノクの横にいた。

「父上！　なんです!?　なんと言おうとしているのです！　父上！」

その命が不条理に散る時、人は真価を問われる。カインの様子からまだエノクが死んでいないことを推測して、『男』は少しだけこの国王の評価を上方修正した。

しかしその灯火も僅かなものだ。

「父上！　父上！」

息子が耳元で叫び、意識を繋ぎ止めようと体を揺さぶった。

だが『男』が慌てた演技をしながら近づいた時、仰向けに寝かされたエノクは既にその赤い瞳を開いたままで事切れていた。

瞳孔が完全に開いている。自分が毒を飲ませたことも踏まえれば、体に触れて様子を確認するまでもないだろう。

だが自分が暗殺犯だと気取られるわけにもいかないので、『男』は何も知らない振りをして応急処置を始めた。相手は仮にも国王。毒を盛った事実を知らなければ、まだ生きている可能性があると判断するべき場面だ。

「陛下が意識を失ったのはいつからですか？」

「たった今だ！　助けてくれ！　俺に出来ることはあるか⁉」

カインはまるで余裕のない様子で叫んだ。普段とは大違いだ。

「では服を脱がせるのを手伝ってください。心臓マッサージをします」

この世界の治癒魔法は効果が低く、そして医療技術もお世辞にも高いとは言い難い。

結局、蘇生する見込みの一切ない治療は、日付が変わるまで続いた。

†

カインは自分の部屋で紅茶を飲んでいた。珍しいことに、その横には宰相ボルドーと財務大臣ゴール、更には騎士団長のマグロイが立っている。

「父上の死因は過労だそうだ」

カインの目には力が無く、その焦点はどこか遠くに置かれていた。

『あの医者』の診断によれば、過労による急性の心臓麻痺ということだ。確かに国王業は激務であるし、エノクが心身共に過酷な日々を過ごしていた点に関しては疑いようがない。それに、仮に診断に対して異議があったとしても、医学の知識が全くないカイン達にはどうにもならないのである。

まだ現実を受け入れきれていない様子の王子に対し、ボルドーが意を決したように口を開いた。

「心中、お察しいたします。しかしカイン様、今は――」

「わかっているさ。王が死んだ。急いで次の王を立てなければならない……、そういうことだろ？」

「はい、その通りです」

紅茶の紅に瞳の赤が映り込む。

突然訪れた父の死。劇的と言えば劇的だが、しかしあまりにも呆気なかった。

だが現実は残酷だ。たとえそれがカイン個人にとって重要な事態であったとしても、世界は何事も無いかのように淡々と進んでいく。

所詮は人間が一人死んだだけ。

……それが世の中というものだ。

カインは紅茶を喉の奥に流し込んだ。深淵に向き合った彼の心を、向こう側から二対の瞳が覗いている。

一対はあの時の少年。

もう一対は父のエノク。

どちらも力無く開ききった瞳で、焦点すら定まらないままでカインの方を見ていた。
自分はその瞳を見つめ返すことが出来るだろうか？
いったいどこを見ているかもわからない、その瞳を。
「……やるさ。予定より少し早くなっただけだ」
そうだ。
その時はいつか必ず来る。
それが早いか遅いか、心の準備が出来ているかいないかの違いでしかない。
人は人の道を歩む。かつて誰かが通った道を。
重要なのは力があるかどうかではない。力を振り絞れるかどうかだ。

そしてこの年、カインは新たな王として即位した。

あとがき

お粗末様でした。善人とおっさん、そしてSSSという、当時の『小説家になろう』で大流行していたキーワードを適当に突っ込んだ本作、通称『元国王SSS』。それまでは「スライムぷるぷる」とか書いていた人間が無理して難しい文章を書こうとした結果は、如何だったでしょうか？　私は『凄惨な合体事故』という表現がぴったりだと思います。

それではまず忘れないうちに、TOブックスさんを始めとする関係者の皆様に感謝の言葉を述べておきたいと思います。正直な話、まさかこの一発ネタを書籍化しようとする剛の出版社が存在するとは思いませんでした。また、イラストレーターの丘さんには、今回の話を受けて頂いたことを非常に感謝しています。おかげで表紙買いしてくれる人が増えそうです。これはもう、ありがとうと言うしかありませんね。（丘さんも、買ってくれた方も、本当にありがとうございます）

さて、この『元国王SSS』は元々、私が趣味として作っている世界観に含めるつもりで書き始めた作品でした。ちなみにその世界観はゴーストロッドリベレイション（略すとゴスロリです。どや！）と名付けているのですが、そこに出す予定だった人物の前日譚というのが、当初の『元国王SSS』の位置付けでした。つまり完全にアマチュアの自己満足で終わる予定だったわけです。

事情が変わったのは書籍化の話を頂いてから。特に権利関係の都合で世界観を独立させる必要性を認識した時点です。大人の事情というやつですね（言ってみたかった！）。ＷＥＢ版ではデウスエクスマキナ（よく悪手と言われますが、私は好きです）で他の神を登場させてゴスロリ世界観に合流する予定でしたが、それを中断して人間編続行に路線変更しました。この書籍版でも、根本の世界観から設定を入れ替えています。表向きの差異の大半は裏設定の段階で吸収されましたが、作者としての意図が大きく変わったことを踏まえると、書籍版は完全な形での別世界観版というのが私の認識です。そしてこれに関しては、一部の読者にお詫びが必要かもしれません。というのも、この書籍版『元国王ＳＳＳ』の発売時点をもって、魔神カインがゴスロリ世界観に登場する可能性はおそらく完全になくなるからです。無名のアマチュアである私の作品を読んでくれている方は多くありませんが、ゴスロリ世界観でのカイン登場を期待してくれていた皆さんにはこの場でお詫びしたいと思います。

よし、やっとスペースが埋まりました。それでは最後に、「この書籍版『元国王ＳＳＳ』に使った金と時間を返せ」と皆様に言われないことを願って、あとがきとさせて頂きます。

そういえば、一度書籍化するとアマチュアとは名乗れなくなるみたいですね。かといってプロの世界で活動を続ける予定もないし、私は何と名乗ればいいのでしょう？

……セミアマ？

設定資料集

設定 world reference

アンペル王国

現存する唯一の人間国家。

カイン失脚時点では封建制に近い形態を取っていた。

歴史的に政治体制を幾度も変えてきた結果、諸々の制度が極めて歪かつ複雑になっている。

魔族の侵攻、教会との対立、貴族との強弱関係など、内外に憂いが多い。

聖地

教会系勢力の総本山として長い歴史を持つ大都市。

教会の支配地域は正確にはアンペル王国内の教皇領だが、事実上の独立国家として扱われている。

低い身分の者でも高い地位を得ることが可能なため、有能な人材が集まりやすい。

現教皇のグレゴリーは平民の中でも下位とされる孤児院の出身。

ヒロトが国王になってからの十年で、国力がついに王国を上回った。

ピエト

王都の最寄街。

聖地との間にあるため、以前は物流や交易の拠点として栄えていた。

鍛冶職人の街としても知られ、武具の生産も盛んだったが、ヒロト即位後は親カイン派の処刑と聖地への人材流出で急激に衰退した。

勢力図 power relationships

カイン [Cain]

勇者ヒロトによって失脚した国王。

唯一の後継者として、幼少の頃はあまり王宮の外には出して貰えなかった。

なんとかして外へ遊びに行こうと策を巡らせる日々を送っていたが、父の急死によって新たな国王として即位する。

国家運営がなんとか軌道に乗り始めた矢先、異世界から転移してきた勇者ヒロトのクーデターによって失脚した。

信用出来る臣下を全員処刑され、十年間の軟禁生活を送った後、『女神』から新たな勇者に指名された。

遊び相手がいない幼少期を過ごしたからか、弟が欲しいと思っていた時期がある。

好きなもの：焼き菓子全般、勝負事。
嫌いなもの：野菜、勇者。

聖剣ギメル [Gimeru]

勇者が握ると刃がオーラを纏って輝く剣。

これを抜くことで勇者は力を解放することが出来る。

ヒロトは身体能力の強化だけだったが、カインはさらに特殊能力も使えるようになった。

剣には『Ⅲ』と刻まれているが、この世界の歴史上でこのような記号は他に一度も確認されていない。

教会内の一部の者達は、これが神の文字ではないかと考えて研究を行っている。

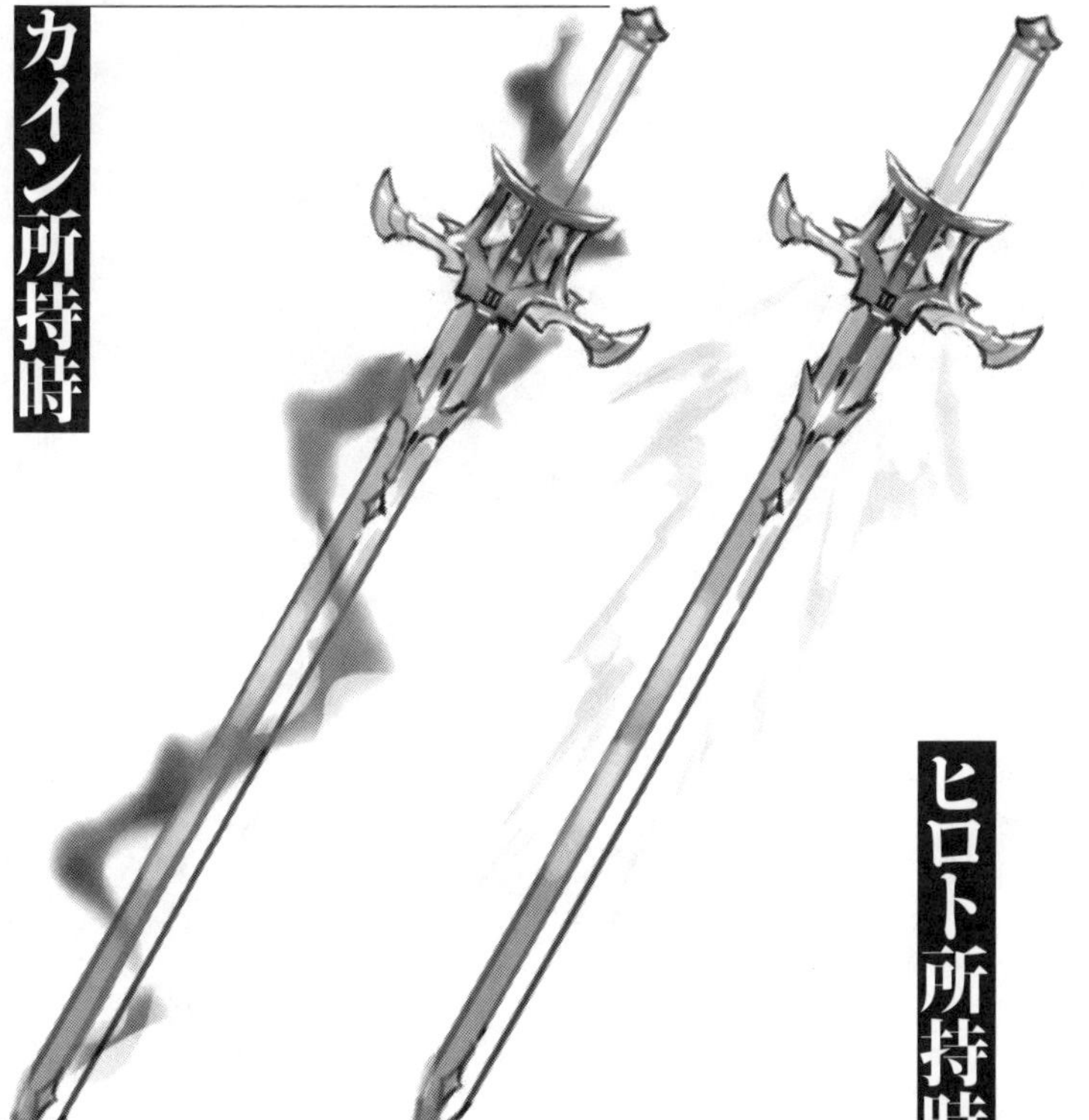

ついに三つ巴へ突入!?
教会軍
VS
魔王軍
VS
王国軍(?)

覇者の座は、誰の手に――!?
第二巻今秋刊行予定!!
勇者によって追放された元国王、おっさんになってから新たなSSSランク勇者に指名され、玉座に舞い戻る2
いらないひと
illustration 丘

ついに5周年！
応援をありがとう！
祝・2年連続
（単行本・ノベルス部門）
第1位

● 好評既刊！ ●

ふぁんぶっく1

カラーイラスト集に加えて、キャラクター設定資料集等、書き下ろし小説や漫画収録！

ふぁんぶっく2

単行本未収録SS集、ドラマCDレポート等、読み応え十分！　書き下ろし小説や漫画収録！

ふぁんぶっく3

1巻に未収録のカラーイラスト集、書き下ろし小説、漫画、設定集など、過去最大ページ数でお届け！

本好きの下剋上
～司書になるためには手段を選んでいられません～

著：香月美夜　イラスト：椎名優

このライトノベルがすごい！
2018＆2019
（宝島社刊）

TOブックス・オンラインストア
限定企画が続々誕生！

詳しくは「本好きの下剋上」公式HPへ！
http://www.tobooks.jp/booklove

勇者によって追放された元国王、おっさんになってから新たなSSSランク勇者に指名され、玉座に舞い戻る

2019年8月1日　第1刷発行

著　者　いらないひと

発行者　本田武市

発行所　TOブックス
〒150-0045
東京都渋谷区神泉町18-8　松濤ハイツ2F
TEL 03-6452-5766(編集)
0120-933-772(営業フリーダイヤル)
FAX 050-3156-0508
ホームページ　http://www.tobooks.jp
メール　info@tobooks.jp

印刷・製本　中央精版印刷株式会社

本書の内容の一部、または全部を無断で複写・複製することは、法律で認められた場合を除き、著作権の侵害となります。

落丁・乱丁本は小社までお送りください。小社送料負担でお取替えいたします。

定価はカバーに記載されています。

ISBN978-4-86472-834-8
©2019 Iranaihito
Printed in Japan